JN319869

二見文庫

人妻 脱ぎたての下着

北山悦史

目次

人妻　脱ぎたての下着

第一章　パンティはラブジュースに湿って

1

午前九時の室内はけだるい乳白色――。

それは秘密っぽくレースのカーテンを引いてるから、ということではない。ベッドのシーツに悩ましくくねってる姉の下着のせい、ということでもない。

一人きりの快楽を求める自分の心が、けだるくやるせない乳白色になってるのだ。

その色は今、下腹部で重々しく渦を巻き、やがておびただしく噴出することになる熱い体液の色でもある。

実際、下腹部のタンクには、たらふく溜まってる。

この三日間、中間テストだった。珍しく勉強に身が入って、試験の前日から都合四日間も放出してない。

いつもならテストの終わった日の夜、思いっきりオナニーするところだ。が、今回はテスト休みの今日、思う存分やることに決めていた。

だから、昨夜はビンビンに立たせたまま、じっとガマンしていたのだ。

まあ、久しぶりに夢精するのだったらそれもいいと思っていたし、ちょっとマゾ的快感もあって、悪くはなかった。

今朝、目が覚めた時は、張り詰めすぎて痛いぐらいの朝立ち。夢精しなかったか調べてみると、その痕跡はない。白いブリーフに円く半透明のシミを作ってるのは、精液ではなくて朝立ちの粘液だった。

〈やったね、こりゃ。溜まりに溜まってすんげえ!〉

嬉しくなって、思わず高矢《たかや》は叫びたくなってしまった。

目が覚めた時、階段の下あたりで、母と姉の千草《ちぐさ》が話をしてるのが聞こえた。姉はちょうど、デパートの勤めに出かけるところのようだった。遠距離通勤の父は、むろん早朝に家を出てしまっている。

姉が出勤していったのは八時十五分過ぎ。それから四十分ばかり経って、母もパートに出ていった。

「高矢ァ？　お母さん、仕事に出かけるからね？　ご飯とおかず、テーブルと冷蔵庫に用意してあるから、適当に食べるのよォ」

母が階段の下からそう言ってきた時、高矢は半分眠ってるような声で応えた。

もちろんそれは〝振り〟だった。目はもうパッチリ覚めていて、一刻も早くオナニーを始めたくてウズウズしてたのだ。

はやる心の理由というのが、姉のパンティにあった。

姉が昨夜風呂に入る時に脱いだレモン色のパンティは、とっくに母が洗って庭の物干しに下がってるはずだ。

が、問題なのは、それじゃない。風呂から上がってから穿いたパンティだ。一晩穿いたパンティが、洗濯槽のなかにあるはずなのだ。

Mデパートで婦人ランジェリーコーナーを担当をしてる姉は、客商売をしてるということで、いつも出がけにパンティを穿き替えていく。

エライと言えばエライし、ありがたいと言えばありがたいことだった。

なんとも色っぽくて、ほんわかとよい香りのする乳白色の室内。

この前二十歳になったばかりの、姉の城。

心ときめかす朱色のカバーのベッド。

肌そのものと見分けがつかないようなローズカラーの地に、色とりどりの小さな三角形や四角形や円が散りばめられている姉のパンティが、今、ダークブラウンのパンストとピーチカラーのブラジャー、それにピンクのスリップと一緒に、その姉のベッドでくねっている。

ローズ、ピーチ、ピンクといっても、はっきりした違いがあるわけじゃない。いつか婦人ランジェリーコーナーをクラクラしながら素通りした時、〝ローズ〟とか〝ピーチ〟とか書かれていたから、なるほどそういうものかと思ったわけで、自分勝手につけて呼んでるだけだ。

ピンクは、まあ、普通言うピンクで、これが基準。ローズは、それより色が柔らかく、温かみがあるもの。ピーチは、赤紫色に近い色がかすかに混じっててパステルカラー気味のものを言っている。

そのどれとも呼べないようなものは、桜色とか、桃色とか、〇〇ピンクとか、その時々で適当に名称をつけている。

「こっちがじっとガマンしてるっていうのに、お姉ちゃんたらオナニーなんかしてんだから、たまんねえよな」

まだほんのり温もりの残るパンティを、高矢は手に取った。

母が出かけて家には自分一人だということを確認し、洗面所の全自動洗濯機のなかから姉のパンティをつまみ上げた時、瞬時にして高矢は〝異状〟を知った。パンティをつまんだのは左手だった。その左手の薬指の指先が、湿り気を感じたのだ。

温もりのある湿り気だった。同時に指先はある種のぬめりをも感じていた。

〈んー？　何だっ？〉

湿ってる部分を、見た。

言うまでもなくそれは股の中心部だったが、内側でなく外側だった。つまり、ぬめりを帯びた湿り気は、ボトムの二枚の布地を通して、外にまで染み出ていたのだ。

〈こりゃあ、たまんねえなあ〉

予期せぬことに喜び勇み、素早く鼻に当てて匂いを嗅いでみる。

と、ツ、ツーン！　と、かなりきつい女の恥臭。

〈お姉ちゃん、ゆうべ、オナニーしたな〉

　心が妖しく躍った。もうずっと立ちっぱなしのものがひときわ厳しくそそり立ち、ブリーフに淫液を溢れさせた。

　柔らかいローズカラーの地に散りばめられてる色とりどりの図形のいくつかにわたって、細長いシミができている。

　高矢は、パンティを裏返してみた。

「うへーっ！　とろとろ？」

　声に出して、そう叫んでいた。相手かまわず言いふらしたい思いだった。

　二重になった内側には、白い布地があてがわれている。そこに、とろとろに粘液が付着して光っていた。

　それも、秘裂から溢れ出したのが布地に受け止められたという感じじゃなく、布地を淫裂に押し込んだのじゃないかと思うほどの汚れようなのだ。

　ピーンと来た。そうだ、千草は指を汚さないためかどうか知らないが、パンティ越しにわれめをくじってオナニーをしたのだ。

　そうに違いなかった。そうでなくちゃ、こんな汚れ方をするはずがなかった。

〈そしたらここ、お姉ちゃんのアソコに……〉

鼻の穴にくっつけてみた。ぬるっとする感触が左の鼻の穴をすべり、鼻の頭に粘液がねっとりとついた。

「あっ……お姉ちゃんの！……」

ブリーフを突っ張らせて硬直してるペニスがピクピクし、危なく射精するところだった。

オンナの匂いがあまりに強烈で、ペニスの代わりに頭からずっぽり、姉の性器に突っ込んでるみたいな感じがした。

左の鼻の穴がねとねとするので指で拭ってみると、クリームチーズをこそいだような白いカスがついてきた。

ラブジュースというのが半分乾燥したものなんだろうか、と思った。

もうすぐ十七になるというのに、セックスはおろかペッティング一つ経験がないので、その辺のことは何ともわからない。

親指と中指で、そのカスをすりつぶしてみた。

白いカスは溶けてまたたくまに見えなくなり、ぬるぬるの指先のニオイを嗅いでみると、自分の亀頭のくびれのところの垢と似たような淫臭。

「あー、たまらない。お姉ちゃんとこうやって、オ××コ」

ブリーフを下ろし、高矢は姉のパンティで亀頭をくるんだ。

「あっ、おれ、いっちゃいそうだよ」

張り詰めてる亀頭が、いちだんときばった。

が、いくら溜まってるからといって、こんなにあっけなく放出してしまうわけにはいかなかった。姉のパンティの汚れは嬉しい予想外だが、このために昨夜オナニーを我慢したわけではない。

高矢は温もりの残るパンティを後生大事に両手で持ち、ペニスをピンピン振り立てて、二階の自室に戻った。

2

ひっくり返したパンティを平たくしてよく調べてみると、裏側の白い布に付着してる汚れは、後ろの肛門寄りの部分は透明な粘液だけで、クリームチーズみたいな白いカスは、前の部分にしかついていない。

全体の長さは四センチくらい。そのシミが、細長い船型になっている。

その細長さに高矢は、最初思ったように、姉はパンティ越しに指でわれめをくじってオナニーをしたというのとはちょっと違うんじゃないか、と思った。

もしわれめに指を入れたというのであれば、真ん中辺の幅はもっと広くなるはずだ。が、せいぜい指一本分程度で、パンティもろとも花びらに指を挿入したとは思えない。

〈お姉ちゃん、指じゃなく、ボールペンとか、そういうの、使ったのかな〉

セックスも知らなければ、女のオナニーも見たことがないので、具体的なイメージを思い浮かべることはできない。

ただ、指のほかに、ペンとかリップスティックとか、細長い棒状のものを使うことがある、というようなことを聞いたことがある。

〈オ××コに、お姉ちゃん、ボールペン、使って……〉

高矢は精いっぱい想像力を逞しくして、昨夜姉がそうしただろうように、朱色のベッドにイメージを描いた。

パンティ一枚になってる二十歳の姉の千草。

長い髪を乱して仰向けに寝て、大股開いて、両手でボールペン握って、パンティの上から女の秘密の部分にぐっさり突き刺して……。

いや、ボールペンは片手で十分だから、右手でボールペン握って、左手でおっぱいモミモミしただろう。乳首つまんで、くりんくりん刺激して……。

「あっあっ、気持ちいいわ。あ……あ〜ん、オ××コと乳首、気持ちいいわあ。あっあっ、あたし、イキそ……」

なんて、あの、形のよい眉を悩ましく八の字に寄せて、額に皺なんか作って、目をうつろにして、口づけしたら密着して離れなくなりそうな唇、門歯を見せて開けて、ハアハア喘ぎ声、漏らして……。

いつも濡れてるみたいな赤い唇、乾いて、透明感のある桃色の舌でちろりちろり、誘惑するように舐めたりして……。

「うーっ！　たまんねえよお」

天を突いて硬直し、歓びの粘液を溢れさせている肉棒を握り締め、高矢は呻いた。

もう我慢も忍耐もできない。指一本触れなくても、快楽のミルクが勢いよく飛び出してしまいそうだ。

が、それはもう少しあとにしてもらいたい。今日は予定がある。そのために昨夜、絶対不可能かというほどの我慢を自分に強いたのだ。今日のような状況は、そうそうあるものじゃない。特別と言っていい。

高矢は膝のところに半下ろしになっているブリーフを脱ぎ捨て、それからパジャマの上着を脱いだ。午前九時過ぎの全裸オナニー。こんなのはめったにあるものじゃない。そのうえ姉の部屋。悩ましい姉のランジェリーに加え、さらに恥液べたべたの汚れたパンティ。

高矢はくねり合っている姉のランジェリーを取り上げると、カバーをめくり、ベッドに上がった。

ベッドの頭から一メーターほど離れて窓があり、白いレースのカーテンを引いてある。それがきっちり引かれてることを確認し、高矢は腰を落ち着けた。

狭い道路を一本隔てて向こうに、四階建ての白塗りのハイツが建っているが、そこから見られる心配もない。

「まず……。まずはこれだよね、やっぱりさ」

昂奮のあまり声を震わせ、高矢は汚れたパンティを手にした。

姉の下着を身に着けようとすると、不思議と気持ちそのものが女っぽくなってしまう。

姉と同じく、肌は白い。が、体はべつになよなよしてるわけじゃないし、筋肉も高二の男の平均程度にはついている。

しかし、女装を始めると、身のこなしが自然に女性的になってしまうのだ。そしてそんな自分がどうしようもなくいとおしくなり、胸の奥が切なくなって、時にさめざめと泣きたくなるほどのエクスタシーを感じてしまう。

高矢は両脚を伸ばしてパンティにくぐらせた。膝と膝をくっつけ、脚を内股にして、パンティを引っ張り上げた。

ゾゾーッと、鳥肌立ちそうな艶めかしさ。

ローズカラーの地のパンティが膝を過ぎ、手のひら一枚の隙間を開けた腿を、するすると上がってくる。

「えー？　うそー。どーしよー。こんなおっきいからあ」

姉のパンティは、ブリーフの三分の一ぐらいしかない。そそり立ってるペニスを完全に隠すのは無理のようだ。

とりあえず、上げられるだけ上げてみようと、パンティのゴムを伸ばした。

姉の淫裂の汚れが、一本の線になって伸びた。そこが当たるのは、陰嚢の裏側あたりだ。ペニスとそこが合わさるようにと期待していたが、できそうもない。

パンティのゴムがペニスの付け根に触り、裏地のクリーム色の汚れが、縮かんだ陰嚢《いんのう》にぺたりとくっついた。

「あ……お姉ちゃん……」

そこに、姉の性器を押しつけられたかのように感じた。

が、逆だった。姉の性器が、その布に当たっていたのだ。

「お姉ちゃん、こうやってオナニーして……」

昨夜、姉がやっていたと思われるやり方で、高矢は膝を立てて股を開き、パンティの外側から、中指の先で陰嚢をツンツン、とつついた。

「あ……あたし気持ちいいわ、オ××コ……」

まるで自分が女になったかのような妖しさ。身のくねり具合にしても、そうだ。

乳房の膨らみこそないが、男の胸だってけっこう色っぽい。乳暈だって乳首だってきれいなピンク色してて、見る人が見れば立たせてしまうだろう。

シーツから背を浮かしてその胸をせり出し、高矢はくねくね悶えさせた。姉は乳房をくねらせるだけでなく、やわやわてぷてぷ揉みしだいたはずだ。

それを目に浮かべ、高矢は左手を使った。せり出してかえって扁平になった胸を、右に左に撫で、指先で乳首をころがし、いじってみる。

「ああ……あー、気持ち、いいー」

今まで感じなかったのに、乳首が心地よく感じて、高矢は感激した。

「こうやって……お姉ちゃん、こうやって」

左手をせわしなく胸に這わせながら、中指の先でツンツン陰嚢をノックする。ボールペンか何かで、姉はこのあたり、こうやって刺したりなぞったりしてた……。その姉と自分とが同じ格好をして重なってると思うと、ますます自分が女になっていく気がして、背ばかりでなく腰も浮き上がり、男を迎えるみたいに波打ってしまう。といっても、セックスの経験はないから、だいたいの想像だが。

パンティの上から刺している中指の先が睾丸を左右に分け、その感触が女性器そのものに思えて、高矢はひときわ強く指を突き刺した。

〈あー、こんな硬く……〉

左右に分かれた睾丸の間にペニスの〝地下茎〟が山脈のようにうねり上がっていて、高矢は我ながらびっくりした。

あらためてそれに触ってみると、ごろごろして、外に出てるペニスと、硬さの点でも太さの点でも劣らない。パンティごと地下茎をつまみ、上下にスライドさせてみた。

「あっ……あーー」

深く、重量感のある快感だった。今まで何十回、何百回、オナニーをしてきたか覚えていないが、こんなところを刺激したことはない。

「ここ……ここ、いい気持ちする……」

パンティごとさすると、布地の汚れがえも言われぬ味つけとなって、快感が皮膚に染み込んでくるみたいだ。

「あーもう……あーもう、たまんない」

高矢は胸を撫でさすっていた左手を下に滑らせ、指を輪っかにして、首の部分を握った。

「あうぅっ！……」

指をからめたところから先までの分の粘液が、とろりと溢れ出た。

ローズカラーのパンティのゴムがペニスの根元に当たっていて、肉幹一本まるごと、下腹部からそそり立っている。

パンティに包まれた下の部分は、半分女みたいな感じで、自分自身そのつもりになってるのに、屹立してるものは、まぎれもなく男のもの。

その違和感、二体が一体に融合した感じが、いやおうもなく快感に油を注ぐ。

右手の指で地下茎を揉み込みながら、外の茎をこすってみた。

「うー、駄目だあ、気持ちよくて、もう……」

鈴口から、ゆるい水アメがあとからあとから溢れ出し、一気に爆発してしまいそうな雲行き。何といっても、溜まりすぎてる。

が、ここで果ててしまっては、志なかば、なのだ。まだ予定のコースに乗っていない。

〈もうちょっと待ってろよ、もーちょっとの辛抱だからよ〉

高矢は自分にそう言い聞かせ、天を突いてる肉茎を全部収めるのは無理なので、それは諦め、とりあえずパンティを骨盤まで引っ張り上げた。

3

ダークブラウンのパンストを手に取り、高矢はベッドに足を伸ばして左、そして右と、ふくらはぎまで穿き、それから腿まで上げ、膝立ちになって引っ張り上げた。

当然のことに、薄い朱色になっているペニスの頭がこすれ、そのざらざらした独特の感触に、顎を突き出し、アッと声を漏らしてしまった。

ペニスの頭があまりに気持ちいいので見てみると、噴き出してる水アメが、二重編みになったパンストの股の部分を黒く濡らし、それに自分自身、くるみ込まれている。

銀行強盗の覆面みたいにして、ペニス全体をパンストで包んでみた。

〈あー、お姉ちゃん、チ×ポ、きんもちいいよお〉

黒人の巨大ファロスみたいなそれを、姉に見せてやりたいと思った。

姉の千草はもう二十歳。とっくに性体験してるだろうが、こんな黒々した立派なものは見たこともないんじゃないだろうか。

〈このまんま射精してやっか〉

そう思って高矢は、ぶるぶる震えた。

穿いてるパンティと違って、パンストや他のものはタンスから出してきたものだ。使い終わったら、返しておかなくてはならない。

むろんザーメンは拭き取るが、ティッシュで拭いたくらいで返しておいて、かまわないだろうか。さすがにニオイとかごわごわが残って、一発でばれてしまうだろうか。

精液が乾いてごわごわになったパンストを、姉が知らずに穿くことを想像すると、またしても発射してしまいそうになる。

「まだだよー。あとでだよー」

高矢はパンストの前のゴムを臍近くまで引き上げ、ヒップの部分は両手を内側に入れて、尾骶骨のところまでするするとなぞり上げた。姉は身長一六二センチだが、高矢は一七四あるので、パンストを引っ張っても、そこまでで精いっぱいだ。

「あ……いい」

ざわーっと、鳥肌立った。

両手の手のひらでなぞったヒップのまるみが実にエロチックで、たまらなくいとおしく思える。自分が、正真正銘のオナニストだということが、実感された。パンストを穿くと、しっかり穿いてないパンティが、なかで落ち着かずに帯状になっているが、しっかり穿けないので、それは仕方がない。

高矢はベッドから下り、姉ご自慢の三面鏡を開けた。

「んーっ、色っぽーいな」

思わず鼻を高くしてしまった。

ヒップのラインが、実にセクシー。女に生まれてれば……と思うことが、なくもない。ウエストは本物の女みたいにはくびれていないが、横とか斜め後ろからのアングルが、最高。

ピーチカラーのブラジャーの肩紐に、腕を通す。

これで決まり、と言っていい。ブラジャーがあるとないとでは、女っぽさに歴然とした違いがあるからだ。

姉のブラは84のCカップ。ちょっときつくて、大きく息を吸うことはできないが、それがまた、どこかマゾ的で好きだ。

カップがなよっとしてるので、高矢は胸をすぼめて指を差し込み、形を整えた。

「ねえー、どぅお~？　あたし、素敵ぃ？」

なんて、高矢は体の左半分を鏡に映し、左手をヒップに添え、右手で髪を搔き上げる仕種をして、ウインクを一つした。

仕上げはピンクのスリップ。スリップを着ると、色っぽさが別物になる。ぐっとシックになって、一歳くらい年上になった気分がする。

スリップを着たことによって、せっかく膨らみを持たせたブラジャーがぺたんこになってしまった。が、それはまあ、仕方のないことだった。

胸はぺたんこになったが、下腹部のテントがかえって目立ち、どうやらパンストを濡らしてるペニスの粘液が、突っ張ってるスリップにまで染み出してきそうな感じだ。

〈このまんま、ドピドピやっちゃうか〉

ピンクのテントを握って、高矢は脊髄を痺れさせた。

ティッシュでさっと拭くだけにして、明日姉がこれを着てデパートに仕事に行って……。そう思うとたまらない。

拭かないで、ドライヤーで乾かして、そのままタンスにしまって、気づかれないだろうか？

姉はもちろん、この三面鏡を見ながら身仕度をするはずだ。なら、下腹部の異常に気づかないなんてことがあるだろうか？

もし姉がその秘密を知ったとして、怒鳴り込んできたりするだろうか？　それとも、黙って洗濯機に放り込むだろうか？

もしかしたら、仕返しをしてやると思って、休みの水曜日の昼間に、ブリーフを使ってオナニーなんかするだろうか？　ボールペンとかでアソコ、刺して……。

〈お姉ちゃん、そんなのは、いくらやってもいいから。なんならおれの汚れたパンツ使ってしてくんない？〉

ピンクのスリップの上から、パンティに包まれてる陰嚢の中心部、女の穴のあたりに中指を突き刺して、くいくい、高矢は腰を前後させた。

精液の染みついた自分のブリーフを使って、ニオイを嗅いだりしゃぶったりして姉がオナニーしている姿を想像すると、もう、我慢も限界に達した。

「もー駄目。あたしもオナニー、しちゃうわ」

高矢は、ベッドに上がったり下りたり、三面鏡の両開きの角度を調節して、絵の〝裸婦〟みたいな格好をとった。

左肘で体を支えて横たわり、悩ましげに骨盤をカーブさせ、右膝を前に出して。

「ここ、こうやったら、いい気持ちになるのよね」

なんて、上目づかいに鏡の自分にささやきかけて、右手をスリップの裾からなかに忍ばせ、スリップごと、すっ、すっ、すっと、待ち望んでる局部に迫る。

腿を合わせてるので、パンストに包まれてるそこの感触が、まだ経験したことはないが、あたかも女の股に手を差し込んでいくみたいだ。

「あっ、駄目。高矢さん、あたしまだ男と女のことはなんにも知らないの。キスだって、したことないのよ？」

鏡のなかの少女がそう言って、恥ずかしげに体を縮こめる。

「なに。きみはキスもしたこと、ないのかい？　キスはね、こうやってやるんだよ？　ほら、うっとりと、目、つぶって……」

高矢自身、経験がないが、目を半眼にして鏡の少女に唇を差し出す。

そんな格好をすると、本当にキスをしてみたくなった。するのなら、鏡のなかの女装少年とするしかない。

高矢はベッドを下り、うっふ～んと気分を出して、鏡を抱こうとした。

が、せっかく実演するのだったら、口紅を塗ってしたほうがよさそうだった。

いや、ついでに顔にクリーム塗って、目のまわりも化粧して、本物そっくりになってしたほうがいいに決まっていた。

そうだ、今日は思いっきりやってやるのだ。そのために禁欲したのだから。

高矢は三面鏡の台から、まず、口紅を取り上げた。四本並んでるうちから、真っ赤なのを選んだ。

「あたしは今日は本当に女になるのよお？」

驚いたことに、口紅一つ塗るだけで、まるで別人のように変身してしまった。

こんなに変わるものとは思いもしなかった。

そうなるとやはり〝ガン〟は、髪だった。アンバランスの美もいいが、もし見分けがつかないほど変身できるのなら、ちょっとやってみたい。

ふと高矢は、そのためにはカツラなんていらないことに気がついた。栄作カットの髪を隠せば、それで済むわけだった。

スカーフなら、タンスのどこかに入ってるはずだった。今日は完全変身遂げちゃうぞ、とウキウキして、高矢はタンスに向かった。

4

明るいコバルト色の空に金色の蝶が飛んでるデザインのスカーフで海賊かぶりに髪を隠しながら、高矢は窓から何気なく外を見た。

見たといっても、レースのカーテンを引いてあるから、ばくぜんと外を窺った、というところだ。

狭い道を挟んで向かいに、四階建てのハイツが建っている。開いてる窓もあれば、こっちと同じく、白いレースのカーテンを引いてる窓もある。

「どう、似合う？　本当は男なのよ？」

そんなくすぐったい気持ちで、高矢はいくつも並んでいる窓をひとつひとつ、見た。

一番左の三階の窓に、二、三歳の女の子が顔を見せているが、あと、人影はない。

たいていのベランダに洗濯物が下がってる。そうでないベランダの家は、共働きなのだろうか。そういう家は、よく、夜に洗濯をしてるようだ。

窓を開けて、顔を覗かせている女の子に、女装を見せてやろうか。そしてパッとペニスを見せたりしたら、思いきりズッコケちゃうだろうか。いや、二、三歳の女の子だったら、無理だろう。

といって、まさか大人に見せるわけにもいかないし……と、目を下の階に這わせ、高矢はオヤ？　と思った。

共働きかどうか知らないが、ベランダには洗濯物は下がっていない。その空のベランダの隣の窓、居間として使ってるはずの窓に、人影が見えた。

その窓にはレースのカーテンが引かれているが、地が薄いのかレースの目が粗いのか、かすかにだが、なかが透けて見えるのだ。

朝、九時過ぎ。いるとすれば主婦だろう。

どんな家族が住んでいたかとあれこれ記憶をたどり、若夫婦二人住まいなのを、高矢は思い出した。

そういえば、三カ月か四カ月前に越してきたのだ。まるぽちゃタイプの妻は、せいぜい行ってて二十五止まり、という感じだ。夫のほうは、三つばかり上だろうか。

〈出勤の支度をしてるんかな〉

こっちとあっちのレースを通して部屋のなかを窺いながら、思った。

まるぽちゃで、一度は抱き締めてみたいような若妻だったということは記憶にあるが、顔の造作は、よくわからない。近くで見たことはないからだ。

と、若妻が窓のそばに来て、離れていった。

高矢はドキッとして窓にへばりついた。

自分と同じような格好になってるのか、えらく色っぽく見えたからだ。もし、パンティとブラだけというのでなくても、ピンクとかベージュとかのスリップ姿くらいではあるのじゃないだろうか。

〈これから着替えするのかな。裸にでもなるのかな〉

自分のことはそっちのけにして、高矢はドキドキしてしまった。

また、若妻が窓辺に来て、何かしている。

〈あっ、やっぱり！〉

胸のときめきがいちだんと烈《はげ》しくなり、高矢は目を皿にした。

彼女はほとんど裸と言っていい姿だった。スリップさえ着けていない。たぶん白のブラジャーを着けているらしいのがわかる。腰のあたりはよくわからなかった。ブラジャーは着けてるのだから、パンティも穿いてるだろうが、背中から足までひとつづきのような気もする。

そんな微妙な格好の若妻が、窓辺で何かしている。

ソファーだ。ソファーに向かって何かしてるみたいだ。ソファーのカバーでも掛け直してるようにも思えるが、動きそのものは、大きなものではない。

〈えー？　何やってんだあ？〉

彼女がソファーにしがみつくみたいにして、じっとしてるので、高矢はますます不思議に思った。それはまるで、いとしい恋人に抱きつき、愛撫するかされるかしてるようなのだ。

問題のソファーは、窓の右側に見える。つまりこっちからは、ソファーの左袖が手前に見えている。

そしてほとんど裸のまるぽちゃ人妻は、こっちにヒップを向けてソファーの背に跨がる格好で、しがみついている。ヒップの合わせ目に、黒っぽいものが見えたような気がした。

ズキーン！　と、衝撃が走った。

茂みでなくて、何だろう。

〈パンティ、穿いてねえ……〉

濡れたパンストでくるまれているペニスの頭が、ピクピク躍った。

パンティを穿いてないで、そんなふうにソファーに跨がり、二階のこっちにまでヘアが見えるほどヒップをかかげてるということは、いったい……。

〈オナニー、してる……〉

肉茎の根元と〝地下茎〟が火のついたように熱くなり、精液タンクがきゅっと収縮した。

しかし、射精には至らなかった。それは、弱いとはいえ、パンティのゴムが肉茎の根元の裏側に当たっていて、多少は圧迫を加えていたからだ。

それでも精液タンクの収縮が尿道に影響して、粘液を溢れさせ、そのねばい汁が、二重編みになったパンストからスリップに染み出してきた。

ソファーでオナニーしてる人妻が、ヒップの谷間から何か黒っぽいものを引っ張り出した。

パンストじゃないかと、高矢は思った。どうも、感じからして、そうらしい。それを彼女は、ヒップのわれめに沿って背中に伸ばし、ずっと頭のほうに持っていく。

ただ、頭の辺は距離があるせいで、よくはわからない。

ソファーの背に跨がってる白い股が、心持ちすぼまった。

その様は若妻の限りない性の歓びを伝えてくるように、高矢には思われた。

つまりオナニー妻は、パンストを股間に食い込ませるかどうかして刺激を与え、その刺激に耐えきれずに、股をすぼめたわけだ。

「あっあっ、気持ちいい。感じるうー！」

一人きりの午前中の部屋で、二十いくつの人妻が半泣きのよがり声をあげているのが、聞こえてくるようだ。

馬乗りの人妻が起き上がった。左手を背中に回している。ブラジャーを取ってるのだ。

左手が向こうに回り、剝き出しになった乳房を揉みしだいてるのが、歴然。

「ううーっ、たまんねえよお、奥さん、こっち向いてしてくんないかなあ。頼むよお」

声に出して、高矢は言った。ちょっとやそっとの声で叫んでも聞こえる距離ではないが、せめて〝念〟でも伝わってくれれば……と思う。

人妻の右手も動いてるようだ。が、どういう動きをしてるのかは、何ともわからない。両手で乳房を揉んでるのじゃないだろう。とすると、性器をペッティングしてるのか。

なら、ヒップのわれめから、タスキみたいに右肩を回ってるパンストらしきものは？

そうだ。彼女の右手は、それの操作をしてるわけだ。パンストは性器に食い込んで体を一周し、彼女の操作で刺激を与えられている。

〈こんなふうに、感じてるんだな〉

高矢はスリップの上からパンストのゴムをつかみ、くいくい引っ張って刺激してみた。

「あっきっ！……効くう……う、う……」

これがセックスの快感なのかと思うくらいの気持ちよさだった。

〈奥さんのオ××コに、おれの、こうやって入れて……〉

ヒップの動きは認められないが、両手を動かしてるのはわかる人妻の背に向かって、高矢は肉幹を握り、突き出した。が、握るというほどは握れない。スリップの幅に余裕がなく、亀頭をくるみ込むむしろ程度しかできない。

そっと触るだけでも、発射してしまいそうだ。もうずっと前から、無理に無理を重ねて発射を押さえている。精液タンクだけでなく、睾丸でも、ザーメンがうねり返ってる感じがする。限界は、とっくに過ぎてる。

しかしやはり、ここまで来たら射精はもう一頑張りして、オナニー妻と一緒に果てたほうがいい。快感の度合いというのが違うだろう。高矢はそう判断した。

〈だけど、どうやって、あの人がイクのがわかるかな〉

高矢がそう思って、よりはっきり見ようとレースのカーテンをよけて隙間を作り、そこから覗いた時、人妻がまた体を伏せた。

5

ソファーの背に伏せて、人妻がくねくねヒップをうごめかせている。

おそらく、そうだ。じっとしてるふうではない。

しかし彼女がしてるのは、性器をソファーに押しつけるというより、さっき起き上がっていた時にしてたように、パンストらしきものをリズミカルに引っ張って、刺激を与えるというやり方のように思える。

〈こうやってだ。こうやってやってんだぞ、あの人〉

スリップをかぶせたままではやりづらいので、高矢はひらひらの裾をまくり上げ、パンストのゴムの部分と股の部分、つまりペニスの上下をつまんで、人妻がしてるはずのことの〝男性版〟をしはじめた。

が、いざやってみると、意外と難しい。スリップほどではないにしても、パンストもかなり突っ張ってるので、うまい具合に上下させることができない。

快感は十分すぎるし、目による刺激もあって、一分と経たず射精に至ることは疑いないが、予期した快感には及ばない。

やはり、包皮のスライドがないせいかと思った。このすべすべマッサージがないと、オナニーをした気分になれない。

ソファーに伏せて、おそらくあーあー、よがり声をあげてる人妻を見ながら、高矢はパンストのなかに手を差し込んだ。

「あっ、お……おお……」

あまりの快感に、握ったところから先が、溶けてなくなってしまうかに感じた。

しかしこれでは、射精が早すぎる。若妻がいつイクか知らないが、せめてあと五分はもってくれなくちゃ、四日間も禁欲した意味がない。

パンストをリズミカルに引っ張っていたらしい人妻が、ヒップを浮かし、右手を下腹部にもぐらせた感じ。もっこり盛り上がった白いヒップが、右と左に開いたように見える。

が、はっきり見えるわけではない。こっちはカーテンをよけて半分顔を覗かせて見ているが、向こうもカーテンがあるので、思うようには見ることができない。

〈くそー。夜だったらなあ〉

向こうの部屋に電気が点いててくれたりでもすれば、思う存分愉しむことができるのに……と思いながら、高矢は目を凝らした。

開いたヒップの谷間の感じと、そこに見え隠れしているらしく思える指先の様子からして、どうやら若妻はそこに差し込んだ右手で、くちゅくちゅ性器をいじってるようだ。

直接にか間接にかは、わからない。そのヒップの谷間が、時々口を閉じるようにすぼまる動きを見せる。

「アッアッ、いいわいいわ。ここ、気持ちいい……」

全裸になってオナニーしてる若妻がやるせなげに首を振って快楽の叫びをあげてる様が、手に取るように伝わってくる。

〈指、どうやってんだろ。アナに突っ込んでんのかな。クリトリス、こすってんのかな〉

触ったこともなければ見たこともない、そこの有様をあれこれ想像しながら、高矢は体液の噴出を必死でこらえた。

先走りの粘液はすでに溢れに溢れ、亀頭は言うに及ばず、包皮のめくれ返った茎の部分までねっとり濡れたパンストにきつく抱擁され、喜悦によがり喘いでいる。

スリップがきつすぎた。発射を遅らせるのには助けになるが、快感が邪魔されるのは歓迎じゃない。

高矢はスリップの裾をたくし上げ、ペニスをくるんでいるパンストを表に出した。

溢れ出た粘液をとろとろ光らせているパンストのその部分は、もうほとんどブラックと言っていい。肉幹の根元まで両手で握ると、亀頭を包んでいる先端部の編み目が突っ張り、黒く濡れた面積をいちだんと広げた。

人妻のほうに目を転じると、ヒップの谷間にあった黒っぽいパンストらしきものが、するすると消えていく。

人妻はやや上体を浮かし、何やら首を振っている。どうもそれは、今まで性器にこすりつけていたパンストの匂いを嗅ぐか、もしかしたら口をつけてしゃぶってるのじゃないか、と思われた。

〈自分の、アソコの……〉

ガーンと快感が、脳天に抜けた。

オナニー妻のそんなエロチックな行為に、いても立ってもいられない。そうだ、彼女が今愉しんでいるのとそっくりなものが、ここにある。高矢は急いでパンストを脱ぎ、一緒に脱げ落ちた淡いバラ色のショーツを手にした。

クリーム色の汚れを開き、鼻にあてがってみた。

〈あ……うーん……〉

脳髄まで痺れるような、何とも言えない恥臭。

洗濯機から取ってきた時とは、だいぶ違っている。温もりを帯びてることと、それに、しばらくペニスの根元と陰嚢に接触していたから、男の匂いも混じっている。その〝混合臭〟が、たまらなかった。

〈あの奥さんもこんな臭い、嗅いでんだ〉

同じ臭いではありえない、ということは、理屈ではわかっていても、性的に、そう思った。そしてその思いが、ますます快感をエスカレートさせていく。

と、若妻が、跨がっているソファーの背から、腰掛けの部分にずり落ち――下りたのかもしれないが――仰向けになった。

「あっ！　奥さん！」

モロに、見えた。レースのカーテンを通してだが、まともに見えたと言ってよかった。

若妻は、乳房を盛り上げた白い肉体の上に黒っぽいパンストをくねらせ、左手でそれをつかんで、口か鼻に当てている。

そして豊かに肉づいた両腿をあられもなくこっちに向け、右脚はソファーの下に垂らし、左脚は膝を立ててソファーの背にあずけ、その中心部に丸い茂みを翳《かげ》らせている。

「見たあ。見たぞお」

姉のショーツを鼻に押し当て、高矢は感極まってぶるぶる震えた。

そそり立つ裸の肉幹に、手はあてがっていない。右手を十センチばかり離して添わせてるだけだ。触った瞬間ほとばしらせてしまうのが明らかだからだ。

その最大の理由は、オナ妻の右手だった。彼女は右手を円い茂みの下部、肉の裂け目に遊ばしてるのだ。

指が——おそらく中指と薬指が——上下にすべったり、くじったり、肉を分けたり、もっと下のほうで、出たり入ったりしてるような感じ。

あくまでも、感じ、だ。動いてるのははっきりしてるが、それ以上は想像の領域だ。具体的なこと、細かいことは、わからない。カーテンが憎い。

ぷるんぷるんぷるんと、白い豊満な下腹部が波打った。

「ああ～、いくー、いくわあ～」

その波打ちは、まるでそう叫んでるように、見えた。

〈奥さん、いっちゃう！〉

そう思った時、こっちの下腹部も波打った。

突然襲ってきた痙攣だった。快感とか何かとかには関わりなく、長いこと塞き止められていた体内のマグマが、怒りのピークに達してほとばしったかのような生理反応だった。

不思議なことに、今鼻に押し当てている汚れたショーツで体液を受け取ることには、まったく考えが行かなかった。それとも、スリップのひらひらレースの裾が、そこに一番近かったからだろうか。

高矢はとっさにスリップの裾を右手で引っ張り、大きく上下に弾みはじめた肉茎の頭にかぶせたのだ。

最初の一弾には、間に合わなかった。

数センチの第一弾はカーテンに飛び散り、くねり垂れて、桃色のカーペットに滴った。

「あっうっ！　うっう！……」

次から次へと噴出する熱い体液をスリップの薄い布地で受け止めるのには、無理があった。ねばねばが手に染み出してくる。

が、問題は、そんなことではなかった。タンスから出した姉のスリップをしたたかに汚してるということが、大問題なのだった。

しかしそのことが、快感に水を差したかというと、まるで逆だった。これは大変なことをしてしまったという思いが、大脳を、小脳を、脳幹を心地よくマヒさせ、かつてないエクスタシーに陶然としてる。

かすかに膜がかかったような目で、高矢は向こうを見た。

白い人妻の肉体が、ソファーの上で烈しく跳ね狂っている。

両脚はてんでんばらばらに宙で躍り、その様はまるで、胴上げをされているようだ。

パンストらしきものを顔に押し当てていた左手は、もはやそこにはなく、髪を掻きむしるような格好で震えている。一方、右手はというと、こっちはまだ股間に食い込んでいる感じだが、動いているか停止しているかは、判断できない。

「いってる。あー、奥さん、いってる……」

初めて目にする女の淫らすぎる絶頂の悶えに、心の思いが言葉となって出た。

静かな室内に声が響き、自らそれを聞いた時、長く打ちつづいていた射精がまた改めて始まったかのような快感が突き上げた。

「あうっ、うう……うー、いってる……いってる……」

背中から肩、うなじ、後頭部と鳥肌立ち、体中をわななかせながら、高矢は人妻のアクメを見守った。

若妻が果てきり、波が引くように絶頂の痙攣が収まっていったのに、軽く二十秒は経っていただろうか。いや、三十秒は経っていたかもしれない。

とっくに射精は終わっていた。が、いつもと違って、ペニスの脈動はいつ果てるともなく余韻を残していた。

若妻は、股間の茂みを晒してソファーに伸びている。失神してるのか、ソファーにまっすぐ伸ばした左脚、ゆるい〝く〟の字を描いて床に落ちている右脚、その右脚の腿の内側に置いている右手のどれも、今やピクリともしない。

高矢は目を、自分の下腹部に転じた。

まだ脈打ちの終わらない肉茎から手を離す。ピンクのスリップにはたっぷり、ミルクが溜まっている。

こいつをまずどうしようかと、ぼんやりした頭で考えた。いや、考えようとした。考えなくちゃならないと、思った。

が、そう思うだけで、肝腎の頭が働かない。スリップのミルクと、頭を跳ねつづけている陰茎を、あたかも他人事のように見下ろしているだけだ。

何とかしなくちゃならないのに、それをしようとしないで自分に〝猶予〟を与えている今の状態が、しかし心地よくもある。

〈あー、こっちもだぜー〉

鼻水のようにカーテンに引っ掛かっている精液と、カーペットに滴って盛り上がっている精液とに、目を移す。

〈知ーらねえぞお〉

そううそぶきながら、高矢は三面鏡の前に行った。

真っ赤な亀頭が、ヘビが鎌首をもたげた格好で、鏡を睨んでいる。

猛々しい男のファロスのすぐ上に、てろてろなよなよしたピンクのスリップ。スリップの肩紐とブラジャーの肩紐とが重なってて、我ながら色っぽい。

それをいっそう引き立ててるのは、やはり目にも鮮やかな深紅の口紅。そしてコバルトブルーと金色のスカーフ。

「やだー。あたし、どーしよー」

なんて、腰をくねくねさせて、言ってみた。

その仕種だけは女っぽいが、ミサイルみたいな硬直した肉棒がいかにもアンバランス。

「やだー。こんなおっきくてえ。あなたのシンボル、おっきすぎるじゃないー」

ぎゅっと握った。と、まだ尿道口に残っていた精液が、縦割れの鈴口からとぴゅっと飛び出し、乳液か何かのビンに滴った。

「どーしよー」

あっちもこっちも精液だらけ。パンストはパンストで粘液でどろどろ。これからは後始末のことを考えてからやらなくちゃと、なおもぼんやりしてる頭で思ってる。

そしたら向こうの奥さんなんか、間違いなく汚れちゃったソファーとか、どうやって後始末するつもりなんだろう、と思って窓辺に寄って見てみると、いつのまに息を吹き返したのか、ソファーはもぬけの殻で、道具として使っていたパンストらしきものも、そこにはなかった。

第二章　柔らかくぎこちない指づかい

1

高矢が女装に興味を持つようになったのは、そんなに前からのことではない。せいぜい数カ月のことにすぎない。それに、女装といったって、姉の下着を身に着けてオナニーをする、という程度のことだ。

以前から、姉の千草の下着には興味を持っていたし、時にその世話になることもあったが、道具として姉の下着を使うのがほぼ日常化したのは、一昨年、姉が高校を出てデパート勤めを始めてしばらくしてからのことだ。

高校の時とは違い、社会人、それも一応客相手の仕事に就いた姉は、服装はむろんのこと、顔も、体つきさえも見違えるように華やかになり、その時中三だった高矢の性的好奇心をいやでも刺激した。

それまで忘れたふりをして心の奥底でくすぶっていた暗い欲望が、一種形を変えてむくむくと頭をもたげだした。そして高矢は、それにそそのかされるようにして、いつしか禁断の行為に走り、没頭するようになっていた。

暗い欲望、というのは、こうだ。

それは高矢が小五、姉の千草が中二の時のことだったが、二人はふとしたはずみで、性的な接触をしたのだ。


ちょうどその時、大相撲の場所中だった。たまたま高矢が、テレビで控えの力士が腰にバスタオルを巻いているのを見たのだが、風呂上がりにそれをまねしたのだ。

脱衣場でブルーのバスタオルを巻き、それを姉に見せようとして居間に戻ったが、さっきテレビを見ていた姉はいない。台所にもいない。

夕食の後片付けをしていた母に訊いてみると、自分の部屋にいるんじゃない？と言う。

風呂から上がったままで、体もよく拭いていなかったし、パンツも穿いていなかったが、高矢は二階の姉の部屋に駆け上がった。

ドアを開けてみると、姉の千草は珍しく机に向かっていた。普段なら台所の仕事を母に手伝わされているはずなのに、宿題とかがたくさん出て、勉強が忙しいのかな、と思いながら、高矢はなかに入った。

「何なの？　入る時はノックしなさいって、いつも言ってるでしょ？」

窓際の机に向かい、こっちに右半分を見せた顔を上げようともせず、千草が言った。

「相撲取り。北の湖」

土俵入りのまねをしてみせた。

「バッカじゃーん？　土俵入りっていうのは、そういうぐるってしたんじゃなく、前にだらって下がってる化粧まわしっていうの、すんのよ」

銀色のシャーペンをキラキラ光らせてペン回しをしながら、千草が蔑《さげす》みの眼差しで見た。

「知ってんよお。そんなことくらいー」

グッサリ心が傷ついたが、姉の言うことに間違いはないので、言い返しはしなかった。

「だから土俵入りじゃなくて、貴ノ花」

気を取り直し、高矢はソンキョの姿勢をとった。

「キャーッ！　高矢のバカァー」

突然千草が机に突っ伏して笑いだした。

「バカァー。何よアンタ、いいかげんにしてよねーっ！」

と笑いころげながら、突っ伏してる右肘の隙間から、チラリチラリと、こっちを見ている。

バカにしてるのだから、顔を見ているのかと思ったら、どうも視線は下のほうに向けられている。アレ？　と思って高矢は、股の間を見られていることに気がついた。

パンツを穿かないで腰にバスタオルを巻きつけ、ソンキョの格好をしてるので、机の姉から股間がまともに見えてるのだった。

「何だよー、スケベー」

高矢はあわてて立ち上がり、照れ隠しに千草のことを叩いた。

強く叩いたわけではない。左手で、ビンタを張る手つきで、後頭部から手前、耳にかけて手を振ったのだ。

利き腕の右手で叩かなかったのは、二人の位置関係で、顔を叩いてしまうからだった。

「何よお。何であたしが叩かれなくちゃなんないのよお」

べつにひどく腹を立ててるふうではなかったが、それでも千草はムッとしたように言った。せっかく勉強しているところを邪魔された、という気持ちもあったかもしれない。

その怒ったような姉の顔が、子供心にも色っぽいと思った。

姉の千草は、やや長めのオカッパだった。黒く艶のあるその髪が、高矢が後頭部から横殴りに払ったので、右の目とほっぺたにかかり、まだ入浴前だったが、シャンプー直後のような、艶めかしい乱れ方になったのだ。

姉一人、弟一人の姉弟としてつき合って十年、姉のことを、そんな性的な目で見ることなど、初めてのことだった。

それを意識した時、高矢は股間のものに違和感を覚えた。大人の週刊誌などで女のヌードを見たりする時になる生理現象と同じものだった。

が、その対象が、現に目の前に、生身の肉体を伴った存在としてある、それも自分の姉である、という意識のせいか、腰をバスタオルでくるんだだけの裸の陰茎は、あれよあれよというまに充血し、勃起していた。

これはまずいことになったと、高矢はきびすを返そうとした。勃起を知られるのも恥ずかしいが、もしまかり間違って見られることにでもなったら、一大事だった。

というのも、折しもその頃、高矢のイチモツは包皮をめくれさせはじめていて、完全に勃起すると、大人みたいに、くるりと反転するようになっていたからだ。朝顔の蕾みたいな子供の状態のものを見られるのと、ピンクの亀頭を剝き出して大人になったものを見られるのとでは、恥ずかしさという点で、天と地の開きがあった。

ところが、千草が帰してはくれなかったのだ。いわれもなく弟に叩かれたということと、高矢が千草の言葉を無視して部屋を出ようとしたことで、今度は本当にカチンと来たらしく、椅子を跳び起ち、ドアの取っ手に手を掛けようとした高矢をつかもうとした。

それが、高矢は濡れた体の腰にバスタオルを巻いてるだけだったのだ。最初、高矢の腕か肩をつかもうとした千草が滑ってそれに失敗し、返す刀、という感じでバスタオルを引っ張ったものだから、たまらなかった。アッと思った時には、高矢は半立ちのペニスを見せてスッポンポンになっていた。

「なっ、何だよお、お姉ちゃんたらよお！」

口を尖らせてそう言ったが、まったく格好のつかない姿だった。

足元に落ちたブルーのバスタオルを拾い上げることも頭になく、高矢は女の子がよくやるような仕種で、左の脚を〝く〟の字にしてしなを作り、両手で肉茎を隠そうとした。

が、相手は立ってる。隠すといったって、覆うことはできず、両手を太い筒のようにしてかぶせるという、何ともみっともないことしかできない。

「何だって、何よお。あんたこそ」

バスタオルが落ちる瞬間、今隠されているものをシッカリ見たはずの千草が、さすがに戸惑いを見せて言い返してくる。

さっきほっぺたに乱れて掛かった髪はもとに戻ってるが、その白い顔面に、別の色気が漂っている。目の縁はポッと化粧したように桜色に染まり、そのせいで黒い瞳がいちだんと黒く輝いて見える。

「あんたこそって、何だよ。お姉ちゃんが、先にスケベなことを言ったんじゃんかあ」

何を口にしていいのかわからないので、適当に言った。言ってる自分が、何を言ってるのか知っちゃいない。

「スケベなのは、あんたでしょ？　そんなに……おっきくしてんだから」

千草が途中で一度言葉を切り、コクリと唾を飲み込んで、言い切った。

「おっきくって……何がだよ」

あらためて意識してしまい、勃起が一回り体積を増した。亀頭のへりのところで、包皮がゆっくりと反転するのが、くすぐったく感じられた。

「それ……オチンチン」

「そんなのおれ……知んないよ」

「そういうのって、自分で、わかってないわけ？」

中二の千草にとって、男の体のことは最大の興味の一つであったはずだ。黒い瞳を妖しく光らせ、千草が迫ってきた。

「ね、どうなの？　そんなふうになってんの、自分でわからないわけ？」

「……」

タジタジとなり、高矢は後じさりしようとしたが、生憎後ろはドアとベッド。

「ねえ、男の子って、何か刺激を受けて、それでそうなるわけでしょ？　どうして今、あんた、そんななってんの？」

まさかその質問に、正しく答えることはできなかった。が、興味津々ながら、同時に狼狽もしてる千草も、高矢の心の内まで見通すことはできない。

「ねえ、あんた、何とか言いなさいよ。勝手に人の部屋に入ってきて、人の勉強邪魔して、人の質問に答えないなんて、卑怯じゃない」

きっと千草も、どう決着をつけたものか、わからなくなっていたのだ。だから、隠すのに必死になってる高矢の手をつかみ、強引に引っ張る、なんてことをしたのだ。

引っ張られたのは左手だった。千草が利き腕の右手でそうしようとしたのだから、当然そうなった。

その左手はというと、亀頭の部分を隠していた。それが力いっぱい――少なくても高矢には、そう感じられた――引き剝がされたのだ。

「やっ、やあだあー！」

なんて、自分からそうしたくせに、千草は階下に聞こえるかという大きな声で、まるで非が高矢にあるみたいな言い方をした。

しかし高矢には、そんな姉のことを非難するとかいうことは、まったく頭になかった。あばかれた亀頭がバラ色に充血していて、それがあまりにも恥ずかしくて、ただひたすら、恥ずかしい、ということだけを感じていたのだ。

左手をつかまれたから、バラ色の亀頭を右手だけで隠そうとは、した。が、両手でするのとは違って、ものすごくみっともないことのように思えた。

だから高矢は、つかまれている左手を引っ張り、奪い返そうとした。

ところが、姉も姉。コトここに及んで、姉にもメンツがあるわけだ。手首をつかんだ右手を、テコでも放そうとしない。

「放せよお。お姉ちゃんよお」

千草の右手を振りほどこうとした時、その右手の向こう、ピンクのカバーの掛かったベッドの頭のところに、高矢はパンティを見つけた。

2

高矢がベッドに飛び上がり、回転レシーブをするみたいに頭のほうに転がると、いつの瞬間か千草は手を放していて、高矢は目指すパンティを手にした。

それは薄桃色のカバーの掛かった枕の横にたたんであったのだが、透明感のある水色のもので、クラゲか何かのような、得体の知れないものをつかんだ感触だった。

「キャーッ、何すんのーっ」

千草がけたたましく叫んで飛びかかってきて、それを奪い返そうとする。

高矢は今度は逆に回転しながら、両足が天井を向いた時、足を通し、ベッドの端に転がって、するすると引き上げた。

「やめてよおっ、高矢ァ！　返してえっ」

すごい形相で、千草がベッドに上がってきた。完全に頭に来てる表情だった。が、千草がなぜそんなに怒ってるのか、高矢にはピンと来なかった。パンティぐらい穿いたってかまわないじゃないか、という気でいた。

今、風呂から上がったばかりだ。べつに汚れるわけじゃない。それより、立ってるものを隠したほうがお互いのためなんじゃないか、と思っていた。

「やめてよお。返してったらあ！」

ベッドの端で膝立ちになり、モノが立っていたので不完全に穿いて、それでも一応満足してる高矢に向かい、千草が憮然とした顔で言った。

千草もベッドに上がっていたが、高矢のテントにあまり近づかないように、というつもりなのか、一メーターほど離れて座っている。

その座り方は膝から先を外に投げ出した〝お嬢さん座り〟だったが、顔が赤鬼みたいに怒り狂ってるのと同じく、着てる服も乱れている。

ちょっとブルーがかったグリーンの長袖Tシャツはというと、それでなくても広めの襟が右側に大きくずれ、ブラジャーの白い肩紐を見せて胸元が覗いてるし、ホワイトジーンズのミニスカートの裾はまくれ上がっていて、〝お嬢さん座り〟の腿の隙間の奥を、最後の一線すれすれまで見せている。

「返してやるから、おれのパンツ、部屋から持ってきて」

そう言い、高矢は勃起の突っ張りが目立たないように、股間の部分を引っ張って余裕を持たせようとした。

と、何やらよくわからなかったが、しっとり濡れた感じの編み目みたいな感触に陰嚢が包まれ、それでなくても立ってるものを、いよいよ屹立させてしまった。

その異様な感触は、イソギンチャクか何かで陰嚢をくるみ込まれた、とでも言えば近かったが、ゾクゾクと鳥肌立ちそうな、初めて味わう感覚だった。

「ね、お姉ちゃん、おれのパンツ、持ってきて」

多少は、哀願調になっていた。早く何とかしたかった。陰嚢を包んでる感じは、ちょっと普通ではなかったからだ。

といって、姉のパンティを素直に脱いで、素っ裸で自分の部屋に駆け込んで……とは、思わなかった。それは一種の意地、だったと思うが。

「何であたしがあんたのパンツなんか、持ってこなくちゃなんないの？　ふざけないでよ。ねえ、早くそれ、脱いで」

千草が、最後の部分は何か苦しそうに顔を歪め、身悶えするようにして言った。

〈あっ……〉

ドキッとしてしまった。千草が身悶えしたその動きで、腿と腿とが離れ、指二本ぐらいの隙間ができて、その奥に白い縦線が見えたからだった。

そんなこと、つまり、姉の千草が股を開いてパンティとかブルマーとかを見せるなんていうことは、べつに珍しいことでも何でもなかった。そんなことは、一日に一回ぐらいはあることで、慣れっこになっている。

なのにその時ドキッとしたのは、状況のせいだったろう。立っている陰茎にしてもそうだが、それより初めて味わう、陰嚢をぴったり包んでいるイソギンチャクみたいな異様な感触のせいだったろうと思う。

「早く脱いで……よお」

辛抱できなくなったのか、千草がそのままの格好でずり寄ってきた。ホワイトジーンズのミニスカートがまくれ上がり、柔らかいクリーム色の腿の奥に、逆立ちした白い二等辺三角形が覗いた。

ピクピクと、皮の剝けた亀頭の裏あたりが脈を打った。かつて経験したことのない体の反応だということははっきり意識したが、それどころじゃない事情があったので、その感覚を味わうことはできなかった。

千草が、腰に手を伸ばしてきたのだ。それも、千草自身かなり度を失ってるようで、ウエストとかじゃなく、突っ張っているところに、まともに手を伸ばしてきたのだ。

そこに触られてしまうと思い、高矢は腰を引いてしゃがんだ。と、今度は陰嚢を包んでいるイソギンチャクみたいな感触の布地がそこをこすり上げ、その異様な心地よさに、高矢は危うく声を漏らしそうになった。が、やはりその異様な感覚を味わうことはできなかった。千草の手が、しゃがんでいる下腹部にもぐってきそうだったからだ。

「ねえ、お願いだから脱いで。早く」

手はこっちに伸ばしてるが、いくぶん力の抜けた声で千草が言った。それはなかば諦めたようでもあったし、怒りが極限に達したかのようでもあった。

千草のその変化に合わせ、高矢は言ったのだ。半分は折れたように見せ、半分は居丈高に見える感じでだ。

「じゃ、脱ぐから、代わりにお姉ちゃんが今穿いてるの、脱いで、取っ替えてよ」

千草が、黒い瞳でマジマジと高矢のことを見つめた。そしてややあって、口を開いた。

「わかったわ。だからそれ、脱いで」

千草があっさりと白旗を上げたので、高矢はかえって面食らってしまった。

姉の態度の変化に、大した意味もなく高矢はそう言ったわけだったのだが、姉はまともに受け取り、OKしたのだ。

しかし、そうであれば、こっちに主導権がある。〝人質〟を取っているのは、自分のほうなのだ。強く出ても、姉はウンと言うはずだった。

「先に脱ぐのはそっちだよ。お姉ちゃんが脱いだら、おれ、脱ぐ」

その証拠を見せてやろうと、高矢は再び膝立ちになり、両手をパンティのゴムに掛けた。

「じゃ、絶対よ？　絶対だかんね？」

千草も高矢と同じように膝立ちになり、ミニスカートのなかに両手を入れてくねくねと腰を振った。

白いショーツが膝のところまで下りてきて、裏返しになった。今まで当たっていた性器の黄色っぽい汚れが、縦長についている。

それが恥ずかしくて、千草が約束を破ってしまうんじゃないかと、高矢は思った。

が、その時すでに高矢は、たとえそういうことになっても、穿いてるパンティを返すつもりになっていた。

姉が、返してほしくてそこまでするということに、何か胸を打たれる思いがしたのだ。そんな姉に、切羽詰まったものを感じた、と言ってもいい。

もちろんその時点では、なぜ姉が、一日穿いて汚れたショーツと引き替えにしてまで、高矢が穿いてるパンティを取り返したいのか、ということにまでは、小学五年、さすがに高矢は頭が回らなかった。

膝立ちになっていた千草が、ベッドカバーに裸の尻を落とし、大人の女がよくやるような格好で膝をくっつけ、ショーツを引き下ろした。

自分ではスカートで秘部を隠してるつもりでいるようだったが、生憎とそれは無理で、合わせて立てた腿とふくらはぎの間から、色つきギョーザを二つ並べたような性器の下部と、薄い赤紫色の肛門が見えた。

「ほら、約束だかんねっ」

怒った口ぶりに恥じらいを隠し、千草が脱ぎたてほかほかショーツを差し出した。

ほわーんと、肌の温もりとかすかな異臭が、鼻先を撫でた。その匂いに急かされる気持ちで、高矢は穿いてるパンティを脱いだ。

皮の剝けたピンク色の亀頭を姉に見られてしまう……という思いはあったが、姉がそこまでしたのだから、自分も……という気でいた。精神的に緊張していたせいか、立ちっぱなしのペニスは、快感も何もなかった。

股の部分をひっくり返すと、陰嚢を包んでいたイソギンチャクみたいな布がパンティの布地から離れ、ペリペリと剝がれた。

それは明らかにパンティの布地とは別物で、その時初めて高矢は、そのショーツが普通のものとは違う、ということに気がついた。千草が形相を変えて怒った理由を、ようやくにして知ったのだった。

〈生理の……〉

そのことを知ると、顔からすーっと、血が引いていった。女の子の〝セイリ〟は、高矢にとって神秘でしかなかった。女の子は月に一回、アソコから血が出る、ということとは、授業でも習ったし、知識として頭にはあったが、あくまでも神秘のベールの向こうのことであり、窺い知ることのできないことだった。

顔から血が引いていったが、股間で屹立してるものは、快感は伴わないながらも依然として、そのままだった。

ひるんだ高矢とは逆に、今度は千草が虎視眈々と、交渉が無事成立するのを待っていた。

しかし、姉が秘密の儀式の時に使う下着を、自分がけがしてしまったと思ってる高矢には、そんなことに気が回りはしなかった。

3

約束どおり、千草から白いほかほかパンティを受け取ってから、高矢は薄水色の生理用ショーツを手渡した。

「すごいかんね、高矢って」

ぷくーっとほっぺたを膨らませて、千草が言った。

悪いことをしたという思いがあったので、それには口答えせず、はたして〝戦利品〟を穿いたものかどうか、高矢は迷った。

黄色い汚れが気になっていた。風呂から上がったばかりだ。穿いちゃうと、また風呂に入って洗ってこなくちゃならないだろう。自分の汚れと違って、そのままにしておいて平気とは思えなかった。

「ねえ、高矢、ちょっと訊きたいんだけど……」

突然トゲのなくなった声で、千草が言ってきた。

顔を見ると、表情がかなり変わっている。目のまわりに赤みが差し、どことなく気持ちが高ぶっているのはわかるが、それは今までのエキサイトとは違ったものに、高矢には思えた。

「何さ、お姉ちゃん」

相手がソフトトーンで出てきたので、自然高矢も穏やかな口調で言った。

手にした白いパンティで、いまだ勃起したままのものを隠そうかとも思ったが、かえってわざとらしく思え、両手を中途半端に腿の前に添わせていた。

「……そういうのって……射精するんでしょ？」

高矢の目は見ず、ベッドに膝立ちになってる高矢の膝ぎりぎりのあたりに視線を落として、千草が言った。

「そういうのってって？　シャセイってって？」

「そういうのよ」

また怒った顔をして、千草が高矢の下腹部を指差した。

ズウンと重苦しく、みぞおちの下にショックを受けた。それと同時に、シャセイ、の意味がわかった。絵の写生のことかと思ってたのだ。

意味がわかったとはいっても、女の生理と似たようなもので、具体的なことは何も知らなかった。男にそういう現象があるということは知っていたが、自分は未体験だった。

「……知んない」

「知んないって、どういうことお？」

「知んないって、知んないってことじゃん。おれ、知んないもん」

千草の顔の色が伝染して、顔面全体がパアッとバラ色に染まるのを、高矢は感じた。

「射精するのよ。そういうふうに、大人みたいになってるのは」

大人みたいに、というのは、包皮が剝けて亀頭が露出してる状態を指しているのだ。

「だっておれ、知んないもん。そういうこと、なったこと、ないもん」

顔面がカッカと火が噴いたようになり、目が潤んで視野がかすんだ。千草の青っぽい緑色のTシャツの下で、クリーム色の手と水色の生理用ショーツがゆらゆら揺れている。

「あたしの友達の弟で、その子は小学六年だけど、その子もそんな大人みたいになってて……射精するって言ってたわよ？」

立ってる肉の茎にちょっと視線を這わせ、千草が高矢の目を見た。

「だってそいつ……六年なんだろ？」

「六年だって五年だって同じだと思うけど。そんななってんだから」

「一年も違うんだぞ？」

「一年も違ってんのに、なんであんた、そんなふうに剝けてんのよ」

「……」

そんなこと問い詰められたって、何とも答えようがなかった。

本格的に剝けはじめたのは、四年の時だ。三年の時から、何かの折に勃起して、トイレとかに入って剝いてみると、半分ぐらいは剝くことができたが、ほぼ完全に反転するようになったのは、去年だ。

面白半分で何回か、何十回か、その行為をつづけてると、べつに勃起してなくても、包皮は口を開けてるのが普通の状態になり、先っぽは赤くて縁のほうは桜の花びら色の亀頭は、常に顔を見せてることになった。

亀頭がいつも外に出てパンツと接触してるということになると、学校で授業中だろうが友達と遊んでる時だろうが、ふとしたきっかけで勝手に勃起するようになり、しばしばあせることにもなった。

しかし、内心では、そんな自分が一歩一歩大人に近づいてるような、鼻高々の気分であり、決して悪い気はしなかったものだ。

とはいっても、射精に至ったことは一度もないし、知識としては知っているそのことは、自分とはまるで関係のない生理現象、というぐらいにしか思っていなかった。

「ねえ、高矢、あんたはまだ五年だっていうのに、なんでもう、そこ、剝けてんの？」

主導権が自分に移ったと感じ取ったのか、千草が膝立ちになってる高矢に迫ってきた。

水色の生理用ショーツを持ってる千草の右手が、無防備に露出して勃起してるペニスの、ほんの二十センチばかりのところに接近しているので、高矢は後ずさりしようかとも思ったが、後ろはすぐ壁。左右が壁の隅っこに追い詰められている格好だ。

「五年だって六年だって、そこ、そんなふうに剝けてたら射精するって、言ってたわよ、その友達」

「そんなの知らんもん。おれ」

何か意固地になって詰問してくる千草に、高矢は緊張して、勃起どころじゃなかったはずなのだが、千草に向かって屹立してる肉の茎は、いっこうに衰える様子を見せない。

それはさっき、色つきギョーザみたいな女の性器を目のあたりにしたからかもしれなかったし、左手に持っている汚れつきパンティのせいかもしれなかったし、あのイソギンチャクみたいな、微妙な感触の生理用ショーツが、すぐそこに迫ってるせいかもしれなかった。

あるいは、もしかしたら、今、ベッドで、高矢と同じように膝立ちになってる千草のホワイトジーンズのミニスカートのなかが、妖しげなノーパンの状態のまま。だ、ということもあったかもしれない。

「あんたは、射精、したこと、ないの?」

もう少しで生理用ショーツが触りそうなぐらい近づいて、千草が言ってきた。

「だから、ないってば」

そう答えながら、その射精というやつ、今日、これから、自分は体験することになるんじゃないか、という予感が高矢には強くしていた。

しかし、それがどういう手順を経て、どういうプロセスで生じるのかということは、まったくわからない。だいたいそんなこと、関心もなかった。勃起に快感が伴うことは実地に経験していても、それとこれとは結びつかない現象だったのだ。

「ないかもしんないけど、いつでも、出るのよ」

そう言って千草が、右手の生理用ショーツを左手に持ちかえた。つまりそれは、空になった右手を、これから使おうという意味だ。

「いつでもなんて言ったら、牛の乳搾りみたいじゃん」

五本の指をゆるく開いてる千草の手を、高矢は見下ろした。クリーム色の柔らかそうな千草の手は、本当にその手つきをしてる。

「マジ、そうなんだって。あたしの友達、言ってんもん」

「そうって……それ、どういうこと？」

「だから、そうなんだって。牛の乳搾りとおんなじなんだって」

「だれが……搾んのさ」

答えは聞かなくてもわかってる気がしていたが、高矢は訊いた。いや、どうしても訊いておきたいと思った。

「そりゃ、あたしの友達が、その……弟のを……っちゅーんじゃない？　そういうふうに、言ってんだもん」

ほっぺたを膨らませ、怒った口ぶりで千草が言った。

「じゃ……」

腹の底のほうがぐるぐる音をたてる感じで昂奮して、後は言葉にならなかった。

そんな高矢の気持ちが、そのまま千草に伝わったようだった。というのも、千草も高矢みたいに、言葉にならないような変な言い方をしたからだ。

「ん……そ……」

と、それだけ言って、千草がドアのほうを見た。ドアがちゃんと閉まってるかどうか、千草は見たわけだ。つられて高矢がドアのほうに首をねじ曲げて見てみると、〝土俵入り〟を見せに上がってきた時、見せてさっさと出ていくつもりだったので、ドアはきちんと閉まっていず、五センチばかり開いていた。

「ちょっと待ってて。閉めてくる」

千草がポイと、水色の生理用ショーツを桃色の枕の上に投げ捨て、ベッドを下りた。

今やその大事なショーツも、千草にとっては二の次、三の次のようだった。むろん勉強のことなんか、きれいさっぱり忘れてるみたいだった。

4

わざわざドアから首を出して父も母もいないことを確かめると、千草は音をたてないようにそっと閉め、ベッドに戻ってきた。

これから射精という、生まれて初めての生理現象の〝実験台〟にされるという思いで、高矢はベッドで落ち着きをなくしていた。

「ちょっとそこ、どいて」

千草が掛け布団に手を掛け、まくろうとする。

一緒に寝ちゃうのかと思いながら、高矢は淡い水色の生理用ショーツがくしゃくしゃになってる、薄桃色の枕のところに移動した。

ピンクのカバーの掛かった掛け布団と、白桃色の毛布を半分まくると、クリーム色を溶かしたようなセピア色のシーツ。真ん中あたりが千草の体形にややくぼんでいて、見るからに温かい感じがする。

「寝て、ここに。そのほうがいいから」

「おれ、一人で?」

とはいえ、いくら何でも二人で寝るのはきまりが悪いと思った。

「そうよ? そうでなくちゃ、できないじゃない」

つっけんどんにそう答え、千草が看護婦か何かみたいに、ベッドの脇に膝立ちになった。

千草がそんな格好で用意したので、高矢はますます〝実験台〟の意識が強くなった。勃起してだいぶ時間が経ってることと、たぶんそんなあらたまったポジションをとらされるということとで、肉の茎の硬度がいくぶん弱まった。

ピンクの亀頭は張りを失った感じだったし、すっかり反転していた包皮も、本体の充血がゆるくなった分、分厚くなり、亀頭のへりの部分にかぶさろうとしてる。

もし、このままペニスが萎えてへたりとなれば、実験はおあずけになってしまうのだろうかと、高矢は物足りないような、どこか宙ぶらりんな気分になった。

千草の薄いセピア色のシーツに仰向けになると、汗を拭いてなかった背中の下あたりがまだ濡れていて、その感じがちょっと気持ち悪かった。

それで高矢はそこがシーツに強く当たらないようにと思って、背を浮かし気味にした。

その時腰がシーツにザラリとこすれ、ザワザワッと、何か微妙な快感が背筋に走った。

「ちゃんとこうやってるのよ?」

〝看護婦〟の千草が声を低くしてそう言って、手を腿に添わせた。

千草の手は左手だった。高矢の腿は左腿。左の腿を伸ばすように押さえつけられたので、高矢は右の腿もまっすぐ伸ばした。

濡れてる背中の下の部分がまたシーツに接触したが、今度は気にならなかった。いや、感覚が、そことは別のところに行っていたのだ。

柔らかくて同時にザラザラした感じでもあるシーツと、肌にじかに触れてる千草の手の温もりに、萎えはじめたかに思えた肉の棒が、再び力を取り戻していた。

亀頭の快感が甦り、つづいて包皮が、むくむく、めりめり、という感じで反転し、そのために亀頭のくびれの敏感な粘膜も、いっそう感度を強めていた。そこにもってきて、牛の乳搾りみたいに右手でやんわりとつままれたものだから、びっくりしてしまった。

「あっ、お姉ちゃん!」

高矢はまっすぐ伸ばした両脚をピクンと跳ねさせ、千草の手をつかんだ。

つかんだ千草のその指がまた、驚くほど柔らかかった。今まで何回も触ったことがあるのに、今、初めて知った思いがした。それで、引き離すのを一瞬、忘れてしまった。

するとすかさず乳搾りの指が動いた。

「すごく硬いのね、これって。こんな硬いなんて思わなかった」

ほわ、ほわ、ほわと、弾力のある指が圧迫を加えてくる。

「あっ、あ……お姉ちゃん……」

握られているところから下腹部一帯、それに肛門のほうまで痺れるような快感が広がり、高矢は千草の指に掛けた手を放した。

それ以上そうしていることができなかったのだ。何とも言えず心地よい千草の指の圧迫を、いっそう強めてしまうような感じがした。

「これ……どうやったら……射精……するのかしら……」

弟のだとはいえ、硬直した男性自身を生まれて初めて握っている千草もエキサイトしすぎてるみたいで、声を上ずらせ、途切れ途切れに言ってる。

「知らないよ。知らないよお、おれだって……」

下腹部全体を攻めてくる快感に陶然となりながら、高矢は答えた。

「気持ち、いい？　ね、こうやったら、オチンチン……気持ちいい？」

何本かの指がペニスの上のほうをつまんで、上下にこすった。

「アッ！　お姉ちゃん！」

摩擦がきつすぎて亀頭のくびれのところの皮膚が破れそうになり、高矢は大きくのけ反って両手を突き出し、待った、をかけた。

「気持ち、いい？　ねえ、高矢、気持ち、いい？……オチンチン」

勘違いしてる千草が、摩擦を強くして訊いてくる。

「いっ……痛、痛……痛い……」

「え？　痛いの？　気持ちよくないの？」

「強すぎるみたい、ちょっと、お姉ちゃん。先っぽんとこ、ちょっと……」

「じゃ、こっち？　こう？」

千草が指を下にずらし、反転してる包皮をゆるく上下させた。痛みが消え、代わって甘美な心地よさが、その先端から腹と下半身に広がり、高矢は体の緊張を解いた。

ぺりぺりぺり、と包皮がめくれ返り、むくむくむく、と亀頭まで戻る。単調だが、その一往復一往復が、毎回生まれたての快感みたいな、新鮮な感動を与えてくれる。

「こう？　こんな感じ？」

「ん。そ。もちょっと……かな」

もう少し下のほうをしてみてくれないかな、というつもりで、高矢は右手を中途半端に浮かした。

と、それが以心伝心とでもいうものなのだろうか、何も具体的なことを指示したわけでもないのに、千草は指の力をゆるめ、茎の中央あたりをつまみ直した。つまんだのは三本の指だった。親指と人さし指と中指の三本かと思って、高矢は見てみた。が、そうじゃなかった。つまんでいたのは親指と中指と薬指で、人さし指は亀頭に接するか接しないかの近さに添え、白くて細っこい小指はピンと、反らし加減に立てている。

「どう？　こう？　こんくらい？」

その三本の指をやさしく上下に動かしながら、千草が睨み上げるように高矢を見た。

高矢は水色のショーツぎりぎり、枕に頭をのっけている。千草はベッドに肘をつき、胴体をあずけるようにして、高矢の下腹部に半分覆いかぶさっている。だから、そのままの状態では、高矢の目より千草の目のほうが、上にあった。だが、千草が高矢のことをじっと見つめたその仕種は、下から横目づかいに見上げる感じだったのだ。

それは、これからいいことをされようとしている、いや、されはじめている高矢の目に、実に色っぽく見え、もし千草が、オモチャのカブトみたいな例の白帽をかぶっていたら、本当に看護婦に思えただろう。

やさしい看護婦である姉に皮の剝けた快感棒をいじられている、と思うと、突然下腹部にムラムラと、火山の噴火みたいに熱いものが込み上げてきた。

それを意識した時、千草の指で気持ちよく刺激されている肉の茎がひときわ硬くきばった。その変化を、千草は敏感に察したようだった。

「こんな、感じ……でしょ。なんか、わかるみたい」

「どんな……ふうに？」

柔らかい指の感触がいっそう甘美なものになって、高矢は腿の付け根あたりを痺れさせ、胸をわななかせ、ほとんど喘いでいる。

「なんかさ……なかが硬くて……そんで、皮がこう……ぷよぷよしてるみたいで。すごくいい感じに滑るもん」

「お姉ちゃん、も少し上と下に……してみて」

千草の指の上下運動のストロークを大きくしてもらいたい気持ちで、高矢は言った。

今、千草がしてくれてる刺激の仕方そのものが、初めてだった。

もう二年も前から、自分で気持ちいいことをしてきてはいるが、そんな指づかいをしたことはなく、たいていは肉茎全体を包んで圧迫するか揉み込むか、という方法だった。時に、キリ揉みみたいなやり方をすることもあったが、剝けた包皮を前後に動かすということは、やったことがない。

ところが姉の千草というと、立ってる男のものに触るのは初めてのはずなのに、しょっぱなからこんなやり方をしている。もしかしたら弟のことを射精させているというその友達からテクニックを聞いているのかもしれないが……。

「上と下に、って、こう？」

三本指の動きが、ゆっくり、大きくなった。

「こんな？……こんな、感じ？」

〝看護婦〟の千草が右のほっぺたに掛かってる髪を揺らして、またいたずらっぽく、高矢を睨んだ。内心の昂奮を必死で隠してるのが、実験台にされてる高矢には、はっきりとわかった。

肌色の包皮が、ぺりぺりむくむく、剝け返ったり亀頭にかぶさったりするのが、死ぬほど気持ちよくなったが、必死で自分の昂奮を隠してる千草のことにも興味が膨らんで、押さえがきかない。

膝立ちになって、ベッドにおなかをあずけて小刻みに右手を動かしてる千草は、スカートの下に、何も着けてない。

あのギョーザみたいな性器は今、どうなっているのだろう。さっき見たのは、性器のずっと下、肛門近くだ。上のほうは見てない。女のあかしと言ってもいい上のほうは、どんな感じなんだろう。

自分のことよりそっちのほうが、重大に思えた。いや、そっちのことと合わせることによって、自分の快感が何倍にも膨れ上がるように思った。

「お姉ちゃん。ちょっと……ね」

高矢は千草のほうに、左手を伸ばした。

5

「ん？　何？」

包皮をスライドさせる手を休め、千草が高矢を見た。

「ちょっと、お姉ちゃんのもおれに、触らせてよ」

「何を──？」

黒い髪と、くっきりした眉と、濃い睫が目立つ白い顔が、パッと朱に染まった。

「パンツ、穿いてないとこ」

これからうまくいったら触らせてもらえそうなところがベッドの下の方にあるので、高矢は上体を起こした。

「駄目じゃない。ちゃんと寝てなくちゃあ」

今度は本当に高矢を見上げる顔が戸惑っている。潤んだ感じになってる目の様子で、高矢はそれを知った。

「ん。寝る。寝るからお姉ちゃんも、一緒に寝て」

場所を空けてやろうと思ったら、千草が握った手を放さないので、そこを中心にして、二十度ぐらい、回転しただけだった。

「あたしはいいわよ。高矢がどんなふうに射精するか……」

とか、もったいをつけて千草は言ってるが、自分もHなことをされるということに、大いに関心がある、という顔をしている。

「ん。それはいいんだけどさ。おれ、まだ、射精っての、したことないし……お姉ちゃんの、触らしてもらったら、するんじゃないかって思うんだけど」

ほとんど口から出まかせに高矢はそう言ったのだったが、口実としては、なかなかよかった。というのは、千草が、すんなりと乗ってきたからだ。

しかし、高矢の言い分をそのまま受け入れた、というわけではない。見るのだったらいいが、触るのは駄目だと、千草は言ったのだ。

「ん。それでもいい。お姉ちゃんの見るだけでも、おれ、すぐ射精するって思う」

実際そんな感じがしたので、高矢は思うままに言った。

「あっ、そーだ。ティッシュ、ティッシュ。ティッシュ、用意しなくちゃ」

どこか浮き浮きした言い方をして、千草がティッシュの箱を取りに机の脇の本棚の前に行った。

結婚したばかりの夫婦みたいに並んで寝られるようにと、高矢は尻をずらし、左側に場所を空けた。

「よっこらしょっと」

ティッシュの青箱を無造作に——むろんそれがポーズだということは、ありありと見てとれた——枕元に投げ置くと、千草はそんな掛け声を掛けてベッドに上がってきた。

上体を起こして場所を空けてる高矢の隣に、同じ格好で座る。ホワイトジーンズのミニスカートの後ろがめくれて、裸のヒップをシーツにつけている。

ふと高矢は、千草のパンティの裏側の汚れのことを思い出した。例の白いパンティは、まくった掛け布団の襟のところに捨てられている。ちょうどデルタの部分がふんわり膨らんでこっちを向いていて、股ぐりからヒップが見えている。だから、あのクリーム色の汚れは見えない。それが、今、シーツについてるんじゃないかと気になった。男は前のほうが汚れたりするが、女は、真ん中とか後ろのほうが汚れるのだ。

「で、どうすんの？　あんたの、つづき、するの？」

柔らかい指の接触と初めて味わう刺激から解放されて、やや張りを失った感のある肉茎を見下ろし、千草が言った。

「ん。だけど……ちょっと、いい？」

スポンジみたいな肉がいっぱい詰まっていそうな太腿を、ほとんど露出させてるミニスカートの下腹部を見ながら、高矢は言った。

「見たいの？　先に？」

「ん……いい？　見て。ちょっとだけ」

さっき裏側から見た女の性器を、今度は正面から見られると思うと、それだけで烈しく高ぶった。その昂奮の度合いはというと、三本指でスライドしてもらう快楽に、決して劣らないもののように高矢は感じた。

「いいわよ、あたしはべつに。じゃ、いい？」

太腿近くのミニスカートの裾をつまみ、千草がすっ、すーっとずらした。

まっすぐ伸ばしている膝と膝は二十センチ以上も離れてるのに、ミニスカートの裾が掛かっていたところは五センチと離れていない。

それが、あばかれた腿の付け根はというと、左右がてぷっと完全に密着していて、定規一枚分の隙間もない。

と思ったのは、腿の付け根のどん詰まりではなく、わずかに膝側だった。そのどん詰まりはというと、等辺がゆるやかに内側に湾曲した、狭くて小さくてエロチックな二等辺三角形の形に、空間ができている。その等辺の長さは、せいぜい三センチ、というところだが、指の二本ぐらいは何とか、潜り込ませられそうだ。

が、裾が上がってそこの全容があからさまになった時、見たい見たいと思っていたところより上のほうに、高矢は目を奪われていた。

千草は、ミニスカートの裾を、われめの始まりのあたりまでつまみ上げていたのだが、そこの白い肌にチラリと、黒いものが見えたのだ。

〈あっ、お姉ちゃん、毛、生えてる！〉

そう思った時、そそり立ってる肉茎がピクピクと頭を振り、熱湯のようなオシッコが尿道を走った感じがした。

ハッとして見てみると、べつに小便が出てるわけではない。そういう感じがしただけのようだった。が、それでも尿道にはその感覚が残っていて、何か居住まいが悪い。

とはいっても、目先の関心事は千草の下腹部だった。

勃起はもう二年も前から知ってるとはいえ、射精も経験したことのない自分から見ると、すでに発毛してる姉は、立派な〝大人〟に違いなかった。

〈お姉ちゃん、お毛々、生えてるんだね〉

その言葉が口先まで出かかったが、口に出すことはできなかった。

何か、恥ずかしい思いがしたのだ。中二の姉のことを大人として認めてしまうのが照れ臭いような感じもしたし、一人前に立たせていながら、そのくせ産毛の一本も生えていない自分が、あまりにも子供のような気もした。

「どう？　見た？　見たでしょ？　もういい？」

両手でスカートの裾をつまみ、面倒臭そうに千草が言った。

「もちょっと……お姉ちゃん、寝てみてよ」

そうやって見せてもらうのが、それをいちばん女っぽく見られると、高矢は考えた。

「えー？　うそ。寝るの？　ホントにー？　ちょっとだけよ」

そう言って千草が、スカートから手を離して仰向けになった。

さっき看護婦だった姉が、今度は患者だった。それも、秘密の部分を診てもらう患者だ。そこを診てもらおうとしてる、無防備な患者。

千草がスカートをうっちゃって仰向けになったので、裾が股ぎりぎりに掛かっている。まるで、わざとそうしたようだ。

〝生きてる着せ替え人形〟のスカートをめくって秘部を覗き見るようなめくるめく思いで、高矢はホワイトジーンズのミニスカートを上によけた。

6

仰向けになった時にずれたのか、てっぷりした内腿が接触してる部分はなく、ゆるめに開かれている。まるっこく盛り上がった三角形の性器の鼠蹊《そけい》部には、左右とも細い皺のような筋ができていて、見るからに生々しい女体、という気がする。

まるっこくて白い三角形の真ん中あたりから下の頂点に向かって、クッキリとわれめのミゾが走っていて、そのミゾの間にピンクっぽい舌みたいなものが挟まっているのが見える。

女の性器のわれめにそんなものが挟まってるなんてちっとも知らなくて、興味が大いにそそられたが、それよりも魅惑的に思えたのは、やはり自分にはない茂みだった。

茂み、といっても、男の大人なんかの毛とは全然違っていて、ほんのわずか、ポヨポヨと生えているにすぎない。それでも色は黒だし、地肌が透明感のある白なものだから、強烈に目を惹き、鮮やか、というより、美しい、という印象を受ける。

ポヨポヨのヘアは、多くは生えていないだろう。長さにしても大したことはなく、一番長いので二センチ、というところではないだろうか。

白い地肌に生えているそのポヨポヨの毛は、われめのミゾの始まりのあたりから上のほうに、やや菱形に近い扇形に広がっている。われめの始まりに掛かってる毛が、どっちかというと太く黒っぽく見え、逆に上のほうのは、細くて短くて色も薄い。

　ヘアが途切れた下腹部の肉はパンパンに張ってて、十センチぐらい上に平らな臍がある。臍とヘアの間に、さっき脱いだパンティの細いゴム跡が、一直線にウエストを横断している。

「触って、いい？」

　ドキドキしながら、高矢は訊いた。

　目はそこに釘づけになっている。触った瞬間、熱いオシッコが詰まってるみたいな肉茎がパチンとはじけるんじゃないか、という、まだ体験したことがない予感のようなものがある。

「ん。いい」

〝患者〟の千草が、小さい声でそう言った。

　どこか心細げなので見てみると、これから手術を受ける本物の患者みたいに、目をきつくつぶっている。

〈花嫁さんみたいだな〉

　ふと、高矢はそう思った。新婚の花嫁が、夫に初めてのセックスをされようとしてるところみたいだと思ったのだ。

その思いが、衝動的な行為をとらせた。

高矢は千草の顔にそっと顔を近づけると、目と同じく閉じているぷっくりした赤い唇に、口を押しつけた。

ものすごく柔らかい感触。とろけるような柔らかさ。

しかし、それを感じたのは、ほんの一瞬、一秒の半分ぐらいのものだった。

「んっ！」

と、声にはならなかったが、そういった内心の驚き、叫びとでもいうものが、合わせた千草の口の奥でした。

と同時に、千草が目を開けた。高矢も目を開けていたから、目と目が――二人の左目同士が――ぼやけるほどの至近距離で見合った。

ぼやけた視野で見たまま、高矢はじっとしていた。千草も千草で、そのままの状態でじっとしてる。

五秒か六秒、そうやって口づけをしていた。

「ん～っ」

と、今度ははっきりと声に出して、千草が、下になってる右腕を動かし、自由な左手で高矢の体を押そうとしたので、高矢は顔を離し、起き上がった。

だ。

「何、すんのよお。やあねー」

そう言う千草は、唇の色に負けない真っ赤な顔をしてる。

が、怒ってるのではなかった。目が、笑ってる。というか、どこか満足げなのだ。

いきなりキスなんかしたけど、姉が怒ってはいない、ということがはっきりしたので、高矢はいたずらっぽく言った。

「花嫁さんと花婿さんの、キス」

「ばかあ。何であたしたちが花嫁と花婿なのよ」

しかし、口ではそんなことを言いながら、千草は左手で高矢の右手をつかんで、やさしく胸に導いたのだ。

「だけど、そういうんなら、こっちでしょう?」

と、ちょっとブルーっぽいグリーンのTシャツの左胸に、ふんわり触らせる。

姉がそんなことを言う理由もわからなかったし、考えようとも思わなかったが、それよりも何よりも、女の乳房というもの、そのとてつもない柔らかさに、ペニスがまたピクピクと頭を振った。

もしかしたらこのまま射精というのをしてしまうかも……と思ったが、千草は今はそれよりも自分のことのほうに一生懸命で、乳房の感触をわざわざ確認してきた。

「どういう、感じ？　これ」

と、Tシャツの上から手を動かさせる。

「ん……すごく……柔らかい」

「だけど、よくわかんないでしょ。いろんなもの、着てるから」

いろんなものといっても、Tシャツだけだし、その下にブラジャーをしてるだけだが、千草はつまり、それさえも邪魔だろうと言ってるわけなのだ。

「んー。そうかも……」

なんて、誘いに乗って高矢は、いかにもそれらしく、首をかしげて答えた。

「じゃ、こっから手、入れて、いいわよ？」

千草が右手でTシャツの裾を浮かし、そこから手を秘密のなかに誘い込んだ。

むっと湿って体温の高い、妖しげな温もり。その温もりを上に向かう。指先が、ブラジャーのへりに触った。

外に干されてる時は、何か眩しくて、禁断のものを見るような気がして、まともに見ることもできないブラジャーが、今、温もった肌を包んでいる。Tシャツの上から触らせてもらった柔らかい肉の塊を包んでいる。

やるせない炎のようなものが、下腹部からむらむらと込み上げてきた。

「ほら、こうやって、いいわよ？」

千草がそう言って、ブラジャーを押し上げた。

それにつられるようにして右手を進めると、ぷよぷよしてて同時に弾力の強そうなおっぱい。右の乳房だ。

右の乳房を右手で触ってるので、体はほぼ完全に横向きになっている。立ちっぱなしの肉茎は、もしこのまま射精というのをすれば、千草の剝き出しの下腹部に精液が落下する角度に向いている。

「どう？　じかに触るほうが柔らかいでしょ」

目を潤ませて、千草が言った。

「ん。なんか、ぷよぷよしてる感じ」

立ってるペニスの根元あたりで、押さえきれない震えみたいなのが発作を起こそうとしてる体の反応を感じながら、高矢は答えた。

「だけど、そこよかもちょっと上のほうが、もっと柔らかいわよ？　触ってみて」

ふーんと一つ、溜息のような息づかいをして、千草がもこもことブラジャーを喉元に押し上げ、みぞおちのところまで掛かっているTシャツを、邪魔っ気そうに、乳房が始まるあたりまでずらした。Tシャツが乳房の上までずり上がらないのは、背中側のほうが上がらないためのようだった。

乳房全体がブラジャーから出たらしいということは察しがついたが、Tシャツが胸を覆っているので、見ることはできない。見てもいいかどうか、訊こうかとも思ったが、ここまでやっていながら、それでも、スケベな心を知られるのが恥ずかしくて、高矢は手だけ滑らせた。

「んっ……」

ぷよっ、とした感じが指先に当たったとたん、千草が胸をすぼめかげんにして、大人の女みたいな声を漏らした。

「お姉ちゃんのここ、すごく柔らかい。ここ」

そこが乳首だということは、もちろんわかっていた。そして千草が〝もっと柔らかいとこ〟と言ってるのがそれだ、ということもわかった。

「おっぱいの縁んとこより、ここのほうが、ずっと柔らかいんだね」

乳首はてろてろした感じだった。大人の女のようにマメ粒みたいなのが立ってるわけでなく、つまんだりすることはできなかった。

だから高矢は、中心部の見当をつけて、人さし指と中指の指先でまるくなぞった。

「ん……あ、は……」

と、目を半分閉じて白目を見せてる千草が、喘ぎ声をあげはじめた。

「気持ちいいの？　お姉ちゃん、乳首、こうやったら、すごく気持ちいい？」

「あ……あ、高矢、駄目……」

自分から誘ったくせして、千草がそんなことを言い、Tシャツのなかに入れてる左手で、高矢の手をぎゅっと握った。

「駄目って？　こうやってこすったら、乳首、気持ちよくて、我慢、できなくなるの？」

「んっ、あ……ああ、高矢、駄目よお」

千草の右手が下に伸びてきて、崩れたあぐらの形に膝を折っている高矢の裸の左腿の、鼠蹊部に近いところにそっと触った。ピクピクピクピクンと、またしてもペニスが頭を振り立て、膀胱周辺がカーッと、火のついたように熱くなった。

7

姉の指がもぞもぞと、鼠蹊部から陰茎の付け根へと移動し、そして根元に掛かった。千草がもっと触りやすいように、高矢は上体を左にひねり、千草の胸に覆いかぶさる格好になった。

Ｔシャツに隠れた乳房は、すぐ目の下。顔だって、手だって、十分に余裕がある。

「お姉ちゃん、見て、いい？」

乳房の柔肉を手で大きくつかむようにして乳首を飛び出させ、高矢は言った。乳首をそんなふうにしたのは、Ｔシャツをどけた時に、そこがイの一番に目に飛び込むように、と思ってだ。

「えー？　見んの？」

肉茎の根元に掛かった千草のふわふわした指が、ぐうっーと圧迫を加えてきた。

「ん。そ。見たい。お姉ちゃんの、おっぱい」

「ホントに？　そうやって触ってるだけで、いいじゃん」

千草が、そんな腑に落ちないことを言った。

性器の場合と、まったく逆だった。どうしてそういうことになるのかは、〝秘密〟が一つしかない男の高矢には、全然理解できなかった。

「お姉ちゃんのおっぱい、全部見たい。ここも」

左手をTシャツの下に滑り込ませ、右手でぷくっと飛び出させてる乳首を、左右にこすってやった。

「あっ！……」

と、かなり感じが強いのか、千草が顔をのけ反らせ、同時にペニスを握る指の力を、いっそう強めた。

千草の三本指——さっきと同じ、親指、中指、薬指の三本だった——が巻きついているより先のほう、つまり、ペニスの真ん中あたりから上に、例の焼けつくような熱さが伸びて、尿道から何かがとろりと溢れたような感触を覚えた。

〈これが射精……〉

ついにと思って、そこを見てみた。確かに小便とは異質と思える透明な液体が亀頭を濡らしている。が、射精をしたとも思えない。射精というのは、もっとダイナミックなものなんじゃないかと思う。

ペニスを握っている千草は、きっちり握ってるだけで、さっきしたみたいにスライド運動をするでもない。

顔を見下ろすと、目をきつくつぶって、息を詰めてる感じ。どうやら自分のことに心が奪われていて、握ってるものは二の次みたいだ。

「お姉ちゃん、見て……いい？　ここ」

と言って、高矢は左手を浮かし、つづいて右手を浮かして、両手でTシャツを、口から鼻まで埋まるぐらい、押しやった。

もわあっとする甘い空気が揺らいで、白い胸が二つとも、あらわになった。

「やあ～ん」

胸をあばかれた千草が、耳を見せてる髪を揺らしてイヤイヤをして、妹みたいなかわいらしい声をあげた。

やはり性器そのものを見られるよりも恥ずかしいのか、自由な左手を折り曲げて、片方だけでも隠そうとする。

むろんそんなことは、させなかった。いずれにしても今、千草は左手一本しか使えない。それで高矢は楽々その手をみぞおちの上で押さえ、顎に掛かっているTシャツが落ちてこないように、鎖骨のところで丸めた。丸められたグリーンの

Tシャツがいくらかでも落ちてこようとして、その結果、乳房を盛り上げた。

とろけるようなクリーム色の乳房の真ん中で、ピンクの乳首が上、というよりは、喉のほうを向いてる。

二つともだ。二つともピンピンと立って、Tシャツのほうを向いてる。

それが、とてつもなく愛らしかった。二つとも、早く早くと、愛撫を待っているかのようだった。

「お姉ちゃん、乳首、立ってる」

右手の親指と人さし指で、左の乳首をつまんだ。

「あん！」

千草がピクッと体を弾ませ、白い乳房がぷるるんと震え、つまんだはずの乳首が溶けてなくなってる。

「すごく柔らかいんだね、乳首って。おっぱいよりずっと」

指でつまむのは無理らしいと思い、高矢は顔を伏せ、右の乳首にちゅっと口をつけた。

「んっ……やあ～ん」

と、初めてセックスする花嫁みたいな千草の声。

指でつまむよりはタッチが弱いだろうと、高矢は唇で挟んでみた。

それが、意外とうまくいくのだ。乳首の根元のあたりを挟んで、ほんわりと圧迫すると、なんと、むくむくとばかり硬くなってくる。ほわほわ、ほんわりほんわりと、高矢は何度かそのペッティングを繰り返してみた。

「あ……は……ああ……」

みぞおちのところでおとなしくしていた左手が動いて、顔を押しのけようとする。

それはそのペッティングがいやでそうしてるのじゃなく、快感が強すぎてじっとしてられなくて、つい手が動いてしまうのだ、ということが、高矢には感じ取れた。

唇のほわほわから、今度は舌を出して、ツンツンつついてみた。

そのテクニックは実に、〝自然発生的〟に出てきたものだった。案外赤ん坊の時の記憶が、口に残っていたのかもしれないが。

「あっ……あっあっ、高矢……」

千草が、押さえられてる左手をもぞつかせ、体の高ぶりを訴える。

一方、姉がそんなによがってくれるものだから、高矢も感じてしまって、亀頭にはとろとろ水アメみたいな粘液が溢れてる。

たぶん自分が気持ちいいから、指が勝手にそうなったのだろうと思う。自分がそうされてるからお返しに……と思ってのことではなかっただろう。千草の指が上にずれて、粘液がとろとろになってる亀頭をこすったのだ。

いや、そこは張り詰めていて、表面はぬめっていたから、こするというよりは、こねる、と言ったほうがよかった。

亀頭をこねられたのに、ペニス全体と陰嚢、それに肛門まで、ねとねとにこねられた感じがした。

ビリビリと、下半身一帯が痺れた。

〈あっ、変！〉

生まれて初めて味わう快感に、乳首を含んでる口が思わず開いて、折しもとろーりと、涎が垂れた。それを舐めて吸ってやろうと思って口をつけると、指でした時みたいに、乳首が実体をなくしてる。あるのはあるのだが、咥えようとすると、ふにゃふにゃして逃げてしまう。

ムキになって、高矢は両手で右の乳房をしぼり、尖った先端部全部を口に含み、んくっんくっんくっと、強くしゃぶった。

「んっ！　あっあっ高矢……」

千草が泣きそうな声をあげ、亀頭をくるんでいる右手を烈しく動かした。

その時、肛門が勝手にひきつり、律動し、それに連動して、肉茎が脈打った。

「えーっ！」

と大声をあげ、千草が跳ね起きた。

亀頭をくるんでいた指の間から、白い液体がピュッピュッと飛んでいる。

「やーだー！」

汚いものからあわてて手を放すみたいにして、千草が手を引いた。

トックントックントックンと、同じリズムでペニスが頭を振っている。

〈あ、射精だ、射精してる〉

まるで他人事のように、高矢はその生理現象を見下ろした。

十回も、十一回も、十二回も、脈動はつづいていたと思う。そしてそのつど、朱色っぽく充血した亀頭の先っぽからは、どこか青っぱなにも似た白い体液がほとばしり、上体を起こした千草の左右の腿と右のウエスト、それに臍のところにも降りかかりつづけた。

悲鳴をあげて手を離した千草が、精液の洗礼を浴びながらもそのまま見ていたのは、おそらくあまりの驚きで金縛りのようになっていたからだ。

「ごめんね、お姉ちゃん、汚しちゃって」

射精の発作が治まると、高矢はぼーっとしたまま、化粧まわしのつもりだったブルーのバスタオルで拭いてやった。

「えー。うそー」

かすかな、声になるかならないかの言い方をして、千草は拭かれていた。自分で拭こうともしなかったし、拭きやすいように体を動かすこともしなかった。

だから、初めての射精現象に対する驚きということでは、高矢よりも千草のほうがひどかったようでもある。

しかし、わざわざティッシュを用意しながら、精液を体に浴びて身動きもできなくなるなんて、千草がどの程度の知識を持っていたのか、高矢は疑ってしまった。

「男の子が射精する時さ、いく、って言うから、そしたらオチンチンにティッシュ、当てればいいのよ」

あの、弟のことを射精させてるという友達が、そんなことでも言ってたのだろうか。

千草の体を拭き終わると、高矢はバスタオルを持って風呂場に行き、洗濯機に投げ込み、パンツを穿いて、さっさと逃げてきた。

「お母さあん、お風呂、だれか入ってるー？」

高矢が自分の部屋に逃げ帰るのを待っていたかのように、千草が階段のところで叫んだ。

その姉は、あの汚れたパンティを、再び穿いてるはずだった……。

第三章　若妻の黒いパンストに包まれて

1

あの、オナニー人妻、『ハイツ大峰《おおみね》』１０４号室の若妻は、春野《はるの》瞳《ひとみ》といった。

四カ月ばかり前に越してきて、夫と二人暮らし。

サラリーマンの夫の幹夫は三十くらい。背が高く、彫りが深くて鼻筋が通った顔立ちをしてて、なかなかの二枚目だ。

美男子の夫を上回る美女妻の瞳は、せいぜい二十五、というところだろう。

ハイツの玄関の表札には「春野」としか出てなくて、奥さんの名前を調べるのに、高矢は一苦労した。

隣の家の人が回覧板を持ってきて、たまたま高矢が受け取った。それが、ヒントになった。

もしかしたら町内会の名簿に載ってるんじゃないかと、高矢は大いに期待し、家人の目を盗んで調べてみた。旧くからの住人が多いこの地区では、自治会の努力もあって、町内の住民名簿を毎年作成しているのだった。

と、どうだ。ちゃんと載ってるではないか！

他の町内会会員名はワープロ文字の印刷だが、「春野幹夫」と妻の「瞳」は新入会員なので、『ハイツ大峰』のページの一番下の欄に、ボールペンで記入されていた。

ただし、年齢はわからない。

それはともかく、高矢は名前と電話番号を生徒手帳に書き入れ、まるでその美人若妻と何らかの関係を持ったかのように胸を膨らませた。

以前は、部屋から時折彼女の姿を見たりすると、ついついベッドの淫らなポーズを想像し――子供のいない若夫婦は、子供づくりに夜毎セックスに励んでるはずだと信じていた――まかり間違ってチャンスがあれば、セックスしてみたいものだと思っていた高矢ではあったが、あのことがあるまでは、そんなに熱心というわけでもなかった。

　というのも、セックス体験のない身、あくまでもそれは空想の世界のことだったし、現実のセックスライフとしては、彼女より若い姉のランジェリーを肌に着けてオナニーをするのが第一だったからだ。

　しかし、あの強烈な刺激以来、性的興味の幅が広がったというか、高矢は人妻の瞳と何らかの結びつきを持ちたいものと思うようになった。

　草花にしても木々にしても同じことが言えるが、名前を知るというのは、結びつきということでは決定的な意味を持つ。向こうがこっちのことを知らなくても、こっちが向こうの名前を知ってるだけで、お互いに知り合いでもあるかのように思えてくる。

　その名前がまた、「瞳」というのだ。

　朝、登校時間ぎりぎりに起きてあせってる時ですら、洗面所で顔を洗おうとして、ふと、鏡に映った自分の目を見、ああ、自慰妻の瞳奥さん、今日もこれからオナるんですか？……なんて、思わず下腹部を熱くしたりする。

　いや、それだけではなかった。

　クラスに、同じヒトミという名の女の子がいて——こっちのは「仁美」だったが――そのうえ、彼女と同姓の女の子がいて、それを区別するために、教師たちはフルネームで呼んだり、下の名前のほうを呼んだりするものだから、そのたびに高矢は瞳奥さんを思い出し、当然その連想として、あのソファーオナニーのことを思い出し、人知れず切ない一時を過ごすことになるわけだった。

休み時間になるやいなやトイレに駆け込み、ハイピッチのオナニーで爆発することもあったし、休み時間になるのが待ちきれず、授業中にこっそり、机の下でオナニーに耽ることだって、ないわけじゃなかった。

高矢は、制服のズボンの左ポケットの底を抜いていて、そこから手を入れて、シコシコしごいていた。

右じゃないのは、右だとエンピツが持てないからだ。エンピツを持って机に伏せ、ノートをとってるふりをしていれば、左手を小刻みに動かしていても、案外見破られないものだ。

左隣に男がいる時は、やはり見破られる危険が多いと思い、したことはないが、女の子の時は全然平気だ。

〈ほら、見てみ。おれ、オナってんだぞ?〉

なんて女の子のほうを見て、かなり大きい動きで手を動かすのだが、まさか授業中にそんなことをしてるなんて思うはずもなく、板書してあることで話しかけてくる、とんでもなくマヌケな女の子もいたりした。

指は、自分自身をチカンするみたいに、ブリーフの脇から入れる。

右利きの自分が慣れない左手でコキコキやるのも、もどかしくもあり、ある意味で新鮮でもあり、教師が英語とか日本史の若い女だったりすると、彼女たちを春野瞳に見立ててエロっぽさを掻き立て、四十四人のクラスメートに囲まれて爆発する。

射精は、ブリーフにじかに吐き出す。

あとで面倒なことになることは、もちろんわかっている。が、その思いがまた、何とも言えず快感なのだ。

〈あっ、いく。先生、おれ、射精しちゃう!〉

目の前にいるのが、大学を出てまだ二年の英語の青山美晴だったりすると、いく瞬間、ブラウスやスカートがすーっと消えて、乳房もヘアも丸見えのヌードに見えることがまれにあり、そんな時は極上の射精感だった。

まわりにいる女の子たちは、身近すぎることもあり、ズベ公度を知ってることもあり、オナペットとしては、めったに対象にしない。実際、彼女たちのヌード姿を思い浮かべても、あまりエキサイトしないのだ。

ところで、授業中のオナニーもこたえられないし、みんなのなかでのスリリングな射精も夢見心地なのだが、やはり、あとが困る。

ブリーフに吐き出されたザーメンというのが、これがなかなか乾いてくれない。ペニスが上を向いてる状態で射出するとして、当然ペニスの裏側に〝返り血〟を浴びることになるが、ペニスがおとなしくなってから、上側とか陰毛とかがねとねと汚れて、その気色の悪さはけっこう辛いものだ。

かといって、それが辛いからと、あらかじめブリーフのなかにティッシュを入れておいたり、亀頭にコンドームをかぶせたりとかは、しない。なぜなら、授業中のオナニーのよさは、ブリーフをべとべとに濡らして、〝心地よい後悔〟に浸るところにあるからだ。

そんなこんなで、ザーメンの量が量だから、生乾きのまま帰ってくることになるが、そんな時はわざと、『ハイツ大峰』の前を通って家に戻る。

家の裏の『ハイツ大峰』の前の道は、登下校の通り道ではない。高矢は自転車で駅に行き、そこから電車で通学してるが、家を出て左に向かう道を行くだけで、何か用事がなければ、裏は通らない。

しかし、このところはしばしば、授業中にオナニーをした時は必ず、『ハイツ大峰』の前を通って帰ってくる。

それが不思議なもので、最初の頃は瞳と会うこともなかったのに、しばらくして一回会い、またしばらくして一回会い、ということを何回かしてると、いつからか会うことが多くなってしまった。

そうなると自然、互いに視線を意識するようになる。

向こうはいざ知らず、こっちは午前九時の一人よがりを知ってるし、ブリーフには生乾きの精液がこびりついたりしてる。そのオナペットが他でもない瞳奥さんその人、というわけで、いやがうえにも視線は熱くなる。

そこは男と女、こっちの視線が熱くなれば、相手だって敏感に感じ取る。

といった次第で、いつしかどちらからともなく目で挨拶をするようになり、そうなったら声に出しての挨拶は早かった。

2

それは実に、タイミングを計っていたように起きた——。

五時間目。英語教師の青山美晴が、授業をしてる時にテキストを落とし、それを拾おうとしてしゃがんだ。

メガネ美人の青山美晴は、上は明るいクリーム色のブラウスにライトブルーのブレザー、下はグレーっぽいセピア色の、ミニのタイトスカートだった。

その彼女が、テキストを拾うためにしゃがんだのだ。彼女は、中央の列あたりの生徒たちにスカートのなかを見せないようにというつもりだったのだろう。ウエストを悩ましくひねって腰をかがめた。

それが期せずして、窓側から二列目の高矢の目に、見て、とばかりタイトのなかを見せてくれたのだ。

〈おおーっと、こいつぁ……〉

セピア色のスカートの下は、ほぼブラックのパンスト。その奥がまともに覗けて、暗闇のなかに一点の明かり。白っぽい三角形のデルタ。

クラクラとなった。それでなくても前夜は疲れていて、一発抜いて寝ようと思っていたのに、志なかばで眠ってしまったのだ。今朝目が覚めた時は、ひどい朝立ちだったった。

〈こりゃーたまらん〉

あとはもう、授業のことなんか頭になかった。

貧血を起こしそうになるほど下腹部に血液が集中し、前夜満たされなかったものが、むくむくむくりと体積を増しはじめた。

授業はまだ二十分残っていた。二十分もあれば、楽勝だった。

幸い左隣は女。高矢は左ポケットに手を入れ、ブリーフの脇から指を挿し込んだ——。


そういう事情があったのだ。だから、タイミングを計っていた、としか思えなかった。

ちゃんと言葉に出して挨拶するようになって、四回目だった。

「お帰りなさい」

まるで仕事から帰ってきた夫を迎えるように、瞳が窓からそう声を掛けてきた。

「えっ？　あっ、どもっ……ただいま」

今日まで三回は、声に出すといっても、高矢が帰ってくるのを瞳が認め、軽く首をかしげて目で笑い、「あ、どーも」とか、高矢が会釈し、それにつづいて瞳が「こんにちは」と挨拶を返すというパターンだった。

それがいきなり「お帰りなさい」と来たものだから、高矢はあせってしまって、自転車のハンドルをぐらぐらさせてしまった。

高矢がハイツの前に差し掛かった時、１０４号室の春野瞳は、通りに面した二つある窓のうち向かって右側の、寝室にでも使っていそうな感じのする部屋から顔を出して、窓ガラスかガードの手摺りを拭いていた。

今年は台風が多かったが、十一月に入っても異常気象がつづき、一昨日、台風並みの大雨が降った。それで汚れた窓を拭いてるらしかった。

それは遠くからでも目に入って、瞳の白い顔と手がチラチラ、見え隠れしていたので、今日も瞳奥さんと言葉が交わせると、高矢は胸を高鳴らせ、気息を整えてはいたのだ。

そこへ瞳が、やさしい言葉を、それも先に掛けてきたので、それで若干、取り乱してしまったのだ。

「今、お帰り?」

例によって首をかしげ、わかってるのに、瞳が言った。いつもは笑ってる目が、どこか熱っぽく、潤んでるようにも見える。

「はいー」

自転車を止め、左足をアスファルトについて、高矢は答えた。自転車を止めるのは、初めてのことだ。

車道は片側一車線の住宅地の道路。高矢の家の前はけっこう交通量があるが、この通りはずっと少ない。

高矢は、車道でなく、ハイツのすぐ前の歩道を走ってきた。だいぶ手前で瞳の姿を見、照れ臭いから車道に下りようか、このまま突っ走ろうかと思いながら、決断がつかず、結局歩道を走ってきたのだ。

ハイツの前には形ばかりのフェンスがあり、二メーターぐらいの空間があって、瞳が顔を出してる窓がある。

だから、高矢と瞳はせいぜい三メーターの距離で向かい合っている。何か、若妻の甘い体臭が届いてきそうで、ドキドキしてしまう。

と、そう思った時、その逆のことを思って、冷や汗が噴き出しそうになった。

パンツのなかは、まだ濡れてる。こっちのニオイこそ、瞳さんに嗅がれちゃうんじゃないか。自転車に跨がってる体が、ほぼ真正面に彼女のほうを向いてるのだ。

「うちの裏の、神山《かみやま》さんちの息子さんなのね。お互いに裏同士だけど」

と言って、瞳がニッコリした。

「え……あ……そうです」

表では笑顔を返し、一方高矢は、ムスコがむくむく生体反応を起こしはじめているので、まずいことになりそうだ、と思っていた。

ここに近づいてきた時、大きくなりそうになっていたのが、左足を地面についてて股間を刺激してるので、押さえがきかなくなってる。

ところが、それを一気に勃起させるものが、目の前にあったのだ。

窓の外のベージュの手摺りの欄から、ドキッとするものを高矢は目にした。

人妻春野瞳は、ショッキングピンクの長袖Tシャツを着ていた。で、どういう格好をしていたかというと、こうだ。

サッシの窓は高矢から見て左側に開けられていて、瞳は右手を窓枠に当て、もたれるような仕種をしていた。左手はどうかというと、みぞおちのところで〝く〟の字に折っていた。

その〝く〟の字の、ほぼ直角に折れ曲がった二の腕が、左の乳房を絞り上げる感じになっていて、絞り上げられたショッキングピンクのTシャツの胸に、ポッチが見えてるのだ。

つまり、春野瞳はノーブラだったのだ。

それを目にした瞬間、高矢はあの衝撃の日のことを――もう一カ月近く経ったが――まざまざと思い出した。

ソファーオナニーに悶え狂っていた彼女は、ソファーの背中からずり落ち、白い乳房を盛り上げて仰向けになり、その乳房を揉んだりせずに、黒いパンストの匂いを嗅ぐか、しゃぶるかしていた。

右手は股間にあてがわれ、粘膜を烈しくくじり回していたから、他には使えない。といって、手は二本しかない。もしもう一本手があれば、当然、白く盛り上がった乳房を揉みたてていただろう。さらにもう一本あれば、両方の乳房を揉みしだいていただろう。

その、揉んでもらいたいのに揉んでもらえなかった乳房の一方がノーブラで、今、柔らかく揉まれてるふうに見える。〝く〟の字の左腕はべつに動いてはいないが、むちっと絞られ、尖った乳首が、Tシャツの布地にこすられてるように見えるのだ。

ペニスが勃起しはじめ、会陰の感覚が鋭くなっているところにもってきて、そこがサドルの突き上げを受け、ますます敏感になっている。そのうえペニスが左上を向いていて、その左側の脚が地面に伸びて突っ張っているものだから、ズボンまでが性感を高めるのに力を貸している。

〈右のおっぱいは……〉

立ったものはしかたないと腹をくくり、高矢は瞳の右の胸を見た。と、どうだ。さりげなく窓枠に身を寄せてるように見えたのが、ちょうど乳首にあたるあたりを枠に接触させて、乳房がもこっと膨らむほど強く押しつけていたのだ。

それは一種のオナニーにほかならなかった。

手摺の欄から、アイボリーのスカートの、膝から上が見えている。

〈だったら下は……〉

夕方、ノーブラでこんな自慰行為をしてるのだったら、スカートのなかだってノーパンじゃないか、と思った。

「たまたま町内会の名簿をめくってたら、高矢君のこと、出てたから」

長い夢のような時間のあと、瞳が親しみのある口調で、そう言った。

「高矢君」なんて言われたので、思いきり抱きつきたいぐらい狂喜した。

「えっ！　ホントですか？　実はぼくも、奥さんのこと、町内会の名簿で調べたんですよ」

口からその言葉が出かかったが、危うくこらえた。

3

「高矢君のお姉さん、何回か見たことあるけど、すっごい美人ね」

窓枠に寄り掛けていた体を離して立て、〝く〟の字にしていた左手を手摺りに掛けて、瞳が言った。

「いやー、べつに。フツーっスよ」

胸のポッチが見えなくなって、高矢はちょっとがっかりすると同時に、ホッともした。

「お姉さんがあんな美人だから、弟の高矢君も美男子なのね。美男子っていうか、色白だし、男にしとくのがもったいない感じ」

「冗談でしょう？　そんなこと、ぜんぜんないっスよ」

顔が、ぱあーっと赤くなった。瞳がうすうす自分の秘密に気づいてるんじゃないかと、思わぬでもない。相手はオナニー人妻だ。考えてみると、似たような趣味を持ってる。同じ穴のムジナ、と言うではないか。

「高矢君、いつもこの道、通るの？」

一転して、瞳がそんなきついことを訊いてきた。高矢がある目的を持ってここを通るようになったことを、瞳は先刻ご承知なのだ。

「いや、いっつもってことはないんスけど……」

「ちょっと、ぶらぶら？」

「そ。散歩みたいなもんです。ヒマだし。急いで家に帰ったってつまんないし」

高矢のその答えに、瞳がふっと、含み笑いをするような顔になった。

時間つぶしだとしたら、べつにハイツの前でなくてもいいのだ。

ハイツの裏であると同時に高矢の家の裏でもある間に一本、細い道がある。車がぎりぎりすれ違う狭さで、ここに住んでる者でなければ車は入ってこない。

だが、高矢は、その道を走らないことにしていた。家から見られるおそれがあるからだ。

春野瞳と口をきいてるのを母にでも見られたりしたら、いやだった。

瞳夫婦は引っ越してきてまだ日が浅いし、家同士のつき合いはない。なのに高矢がそこの若妻と口をきいたりしてると、変なことを勘ぐられかねない。

女の下着は大好きだが、性別は男である自分が、裏の人妻に気があるなんて思われるのがいやだったのだ。

そういうことすべてを、とうにお見通しなのだと、瞳の含み笑いは言ってるようだった。

その時、部屋の奥で電話のコールがして、「あっ、じゃ……」と、瞳は立てた右手の指をぷるぷる震わせ、体を翻して消えた。

せっかくのチャンスだと思ったのに、実にあっけない幕切れだった。

が、ものは考えようで、ザーメンのニオイを嗅がれなくてすんだし、瞳のほうに向かって勃起してるものに気づかれなくてよかった、とも思った。

声は聞こえてこなかったが、まさか電話が終わるまで待ってることもできなかった。

開いたままの窓に未練を残し、高矢は右足に体重を掛け、再びペダルをこいだ——。

「美男子っていうか、色白だし、男にしとくのがもったいない感じ」

春野瞳が言ったその言葉が、繰り返し繰り返し頭のなかで響く。美男子っていうか……色白だし……男にしとくのが……もったいない感じ……もったいない感じ……。

部屋に入り、高矢はレースのカーテンをよけて、瞳の部屋を覗いてみた。

外はまだそんなに暗くはなってないのに、もう電気を点けてカーテンを引き、夜支度をしている。さっき、向こうの部屋は、まだ明かりを点けていなかったが。

もし、レースのカーテンだけなら、電話をしてる瞳が見えるだろう。あの淫らなソファーにでも座って、してるだろうか。いや、とっくに終わってるかもしれない。

制服のブレザーを脱いでベッドに投げ捨て、ズボンのベルトを外す。パンツを穿き替えなくてはならない。

「ウーップ！　すげー」

ズボンを下ろしたとたん、むわっとザーメンのニオイが立ち昇って、思わず高矢は顔をそむけた。

こんなに強烈だったら、知らぬが仏で、教室でもプンプン臭ってるんじゃないかと不安になる。もしかしたら、みんなして、神山のヤローは授業中にオナってやがると、陰では評判だったりして……。

午後にオナることはまずなくて、普通は午前中。それでかなり時間が経ってるから、帰宅してズボンを脱いで、こんなに強烈に臭ったことはなかった。

〈瞳さん、ほらあ、ぼくの精液の匂い、嗅がない？　チ×ポも汚れてて臭いから、瞳さん、舐めてきれいにしてくれない？〉

またカーテンを開けて覗こうとした時、向こうのカーテンに影が揺らいで近づき、ハッとして高矢はかがんだ。

しばらくして顔を上げてみると、ベランダに洗濯物が干してあり、瞳はいなくて、カーテンが引かれている。

「ウッヒャーッ！」

レースのカーテンも裂けよと、高矢はわしづかみにして引っ張り、大喜びした。下着だ。瞳奥さんの下着！

それで合点がいった。洗濯をするので下着を脱ぎ、もう夕方だからというわけで、新しいのを着けなかったのだ。

とすれば、さっき思ったように、やはりノーパンだったのだろう。

「クッソーッ、あんな電話、掛かってこなけりゃなーっ」

あれから奥さんとの間で話が弾み、ニアミスするぐらい接近して、お互いにニオイを嗅がせ合いしたりして……。

「そっかあ！」

高矢はシタリと、手を打った。

いつもは朝洗濯をする瞳奥さんが、今頃してるということは、それなりの理由がある。

それは、汚れたからだ。

といっても、ただ汚れたというのとは、ちょっと、わけが違う。

したのだ。また。オナニーを。きっと。

今日は午前九時のオナニーを。きっと。

ひょっとして、自分が教室でコキコキしてた時に、瞳奥さんがソファーでパンストオナニーに悶え狂ってたということも、大いにありうる。

「ウーッ、瞳さん、まいったなあ」

精液にまみれた肉茎が、臭いをきつくして、また頭をもたげはじめた。

ブリーフをめくり返してみると、半立ちのペニスがぶるんぶるんと揺れ、ブリーフの裏についていたザーメン臭が、ツーンと襲いかかってきた。

射精の跡は、ブリーフの裏全面いたるところに付着してると言ってもいい。かなり出たのだ。英語教師の青山美晴が、パンチラを見せてくれたおかげで。

半立ちからさらに勢いを増そうとしてる肉茎を指でつまんでみると、べたべたする。濃縮スペルマが、染み込むぐらいついてるのだ。

ティッシュで拭く程度では、とても臭いを消し去ることはできないみたいだ。といって、風呂場に洗いに行くのも、なんとなく気がひける。風呂場に行くには、台所のそばを通らなくてはならない。そこには母がいる。

男のニオイに馴れた母が、少年の濃密なエキスのニオイに気づかぬわけはないだろう。

〈あ、高矢ったら、アレの臭い、プンプンさせてる。いつ、出したのかしら。電車で、チカンなんてしてんじゃないかしら〉

知らんぷりして夕食の支度をしながら、母がそんなことを思ったりすると考えると、とてもたまらない。

しかし、いずれにしても、シャワーを浴びに行かざるをえないようだった。

〈だから、授業中とか、オナるの、いやなんだよなあ〉

と思う一方で、いつものことながら高矢は、そんな困惑を心地よいものに感じてる。

再びブリーフを上げ、制服のズボンをジャージに替えて、高矢は勃起が収まるのを待つことにした。収まるまでの間と、カーテンから外を覗いた。

もう暗くなりはじめていて、色はよくわからなかったが、白っぽいパンティとブラジャー、それに黒っぽいパンスト。あと、何枚かのタオルと布巾かハンカチみたいなのが、四角いハンガーに下がってる。

もう一つの丸いハンガーに、白いシーツらしいもの。いや、二、三本、紐が垂れてるのが見える。どうやらそれはシーツではなく、カバーか何からしかった。

4

春野瞳の部屋の明かりが消えたのは、十一時過ぎだった。

九時頃から何度も監視していて、十一時少し前にも見たのだが、その時は、例のソファーのあるリビングの電気が点いていて、十一時十分頃見た時には、消えていた。

リビングの明かりが消えたからといって、即、寝てしまうということにはならない。何といっても若夫婦、これから一戦交えるということは、大いに考えられる。

「だけど、今日はしないかもな」

ベランダの向こうの暗い窓を見て、高矢はつぶやいた。

何時頃かは知らないが、午後、彼女はオナニーをしたのだ。それで肉体は満足して、夫を求めないかもしれない。

もともとオナニー好きな女なのだ。オナニーだけで満足、夫とのセックスは時々でいい、ということは、考えられないことではない。それとも、まだ若すぎる年齢。セックスだけでは満たされなくて、それでオナニーをせずにはいられない、ということなのだろうか。

それはともかく、夫の目を盗んでの独りよがりで、パンティやパンストどころか、彼女はソファーのカバーまで汚してしまった。

今日もまた彼女は、薄いレースのカーテンを引いた部屋で、ソファーの背に跨がり、付け根をねちょねちょこすりつけて腰をつかい、パンストをわれめに食い込ませてリズミカルに引っ張り、感極まってソファーに落ち、そこで仰向けになって、自分の愛液の染みついたパンストの臭いを嗅いだりしゃぶったりして、粘膜を指でこね回し、あーいく、いくわっ、と烈しく痙攣して、アクメに昇りつめたのだろう。

あの時は気がついたら彼女はいなくなっていて、トイレにでも行ったのかなと思ったのだった。まあ、トイレにも行ったし、シャワーも浴びたのだろうが、もちろん汚れたストッキングは洗濯機に放り込んで、パンティは穿き替えたはずだ。ところが今日は、パンティを穿き替えるだけではすまなくなってしまった。愛液が出すぎて、ソファーのカバーを汚してしまったからだ。

それで仕方なく、洗濯をするハメになったわけだ。

彼女にとって、これは予定外のことだったかもしれないが、高矢にとっては、実に願ったり叶ったりの好運だった。

それに、学校帰りにハイツの前を通ったのも、大正解だった。

もしあの時、彼女と言葉を交わさなければ、彼女が洗濯物を干したことをちっとも知らないでいた可能性も、十分ありうる。彼女は普通、朝、洗濯をするからだ。

父は今日、珍しく早く九時前に帰ってきて、風呂に入り、テレビを見ながらチビチビ酒を飲んでいたが、早々に床に入ったようだ。一日の仕事が思いがけず早く終わり、母も寝室に引っ込んだ様子。

姉はといえば、何をしてるかわからないが、隣の自分の部屋にいる。姉の部屋にはベッドの頭のところに小型テレビがあるし、何か、特別な用事がないかぎり、部屋からは出ないだろう。耳を澄ましても物音は聞こえてこないから、もしかしたら、もう寝てしまってるのかもしれない。

十一時十五分、高矢はマリンブルーのジャージの上下を着込み、ジョギングでもする格好をして、部屋を出た。

姉の部屋からは、薄明かりが漏れてるような、漏れてないような。足音を忍ばせて、階段を下りた――。


家を出て左に行き、三軒目の角の狭い道を左に入る。小型乗用車同士がすれ違うのもぎりぎりの道だ。背中合わせの二軒を過ぎると、道は左に曲がる。

そこから左手に、背中合わせの家が三軒つづいているが、高矢の家の裏には家は建っていない。コンクリートブロックの雛《ひな》壇の分譲地はもう売れていて、だれかの所有になってるが、その持ち主が家を建てないのだ。

そのおかげで、高矢は『ハイツ大峰』の裏側ほぼ全景を見ることができる。もしそこに家が建っていれば、『ハイツ大峰』の104号室、つまり春野瞳の部屋を見ることは不可能だ。

高矢は自分の家の裏に出て、〝安全〟を確認した。

一階の窓からは、一筋の明かりも漏れていない。二階の自分の部屋も真っ暗。向かって右隣の姉の部屋は、ワインレッドのカーテンが、ほとんど黒く見えている。おそらく、豆電気を点けてるのだ。

明るさの変化はないから、テレビはつけていないはずだ。

〈お姉ちゃんは寝ちゃってるだろな〉

そう判断し、高矢は足を進めた。

家を出る時からここまで二、三分か。一、二分か。緊張して心臓が縮む思いがしていたが、今度は一転してカーッと昂奮し、心臓がドキドキ打ちはじめている。

今いる場所は、高矢の家の前の道から入ってきて、ハイツの前の道に出ていく、卍の片割れの形の狭い道の、中間点近く。

一方通行と言っていい道だ。

もし、ヤバイことにでもなったら、隠れる場所はない。追っかけられたら、振り切って逃げるしかないが、うまいこと表通りに出ても、隠れることのできるような場所は、ちょっとなさそうだ。

　ということは、圧倒的なスピードで逃げおおせなければ、ドジを踏んだらそれまで、ということを覚悟しておかなくてはならない。

　そう思ったら、昂奮に新たな緊張感が加わり、心臓がキリキリ、おかしくなってきた。

　が、心臓がおかしくなろうが腎臓がどうなろうが、降って湧いたチャンス、これをモノにしなくては、男の子じゃない……。

　ハイツもコンクリートの雛壇の上に建っている。一階のベランダは、フェンスを乗り越えればいいから、どうってことない。

　一階の隣の家は、まだ明かりが点いている。その隣は消えているが、向かって一番右、101号室の明かりも点いている。

　二階、三階、四階は、明るい窓と暗い窓が、半々、というところ。が、もちろんどの窓もカーテンは引かれている。

　ハイツの隣は、ハイツに負けないぐらいこぎれいな、白塗りの二階建てのアパート。

　こっちの窓は、ほとんど明かりが点いている。が、真夏じゃないから当然とはいえ、ハイツ同様、どの窓もカーテンが引かれている。

だから問題は、通りを歩いてくる人間だった。この道を通るのは、玄関が道に面している十軒ばかりの家の住人だろう。

〈酔っ払いのオッサンだったら楽勝だけど、まさか陸上なんかやってる若い男なんて、いねえだろうな〉

そう思いながら、高矢は歩みを進めた。

一応、ハイツの表側も見ておかなければならなかった。寝室に使ってるはずの窓が明るかったら、しばらく待たなくてはならない。

ハイツの前の道に出てみると、幸い１０４号室の明かりは点いていない。もう眠ってるのだ。それとも、アレでもしてるのだろうか？　まあ、いずれにしても安全、ということだろう。

車が一台、ヘッドライトをビカビカに光らせて走ってきてるだけで、他に人通りもない。知らんぷりして方向転換し、高矢は再び、さっきの場所に戻った。

姉の千草の部屋に変化はない。やはり姉は、豆電気を点けたまま寝てるらしい。

道の両側に視線を飛ばし、高矢はタイミングを計った。

だれもいない。頃や、よし！

高矢はひょいと、肩の高さの雛壇に飛び上がり、そこで忍者よろしく四方八方に鋭く目を走らせ、ツ、ツ、ツと、ベランダに向かった。

ベランダは腰の高さの空間に張り出していて、ぐるりに、胸の高さの白い手摺りがある。

ベランダに飛び乗るや、高矢は手摺りをもひょいと飛び越え、なかに下りた。そこでかがんで息をひそめ、部屋のなかと外とを窺う。

道路から雛壇に上がってくる時は、自分が忍者か何かになってる感じだったが、目的地に着いた今、その目的の行為を終わらせてるわけでもないのに、心は意外と落ち着いていて、一仕事を終えたような気分。

部屋のなかは寝静まっていて、外もＯＫ。

首を縮めて見上げると、物干し竿に掛かっている、白地にブルーの水玉模様の丸いハンガーに、ソファーのらしい白いカバーが下がっていて、それと並んでいる、白地にピンクの水玉模様の四角いハンガーに、タオル、ハンカチと一緒に、瞳奥さんの下着――。

ベージュかピンクか、白じゃない色のパンティとブラジャー。黒っぽいパンスト。

再度部屋側と外に視線を走らせ、高矢は伸び上がった。

5

黒褐色のパンストはほとんど乾いているが、淡いバラ色のブラジャーもイエローのパンティもしっとり湿っていて冷たい。が、それが春野瞳のものだと思うと、その湿り気さえも、どことなく温かく感じられる。

素っ裸になって布団に入り、ブラジャーとパンティを股に挟んで五分も温めていたら、まるで脱ぎたてのように温もりを帯びてきた。

掛け布団をまくり、高矢は股間を覗き見る。湿ったパンティは股間の最深部、陰嚢を包むようにして、ブラジャーはその腿側に挟んで温めていた。

くすぐったく湿った感じの陰嚢が縮み上がり、ペニスは早くもズキンズキンと、痛いくらい勃起している。

「瞳さんのシミ、なくなってねえだろうなあ」

心配になり、パンティを陰嚢から引き剝がした。

今日のオナニーの愛液のシミか、それともその前からだったのか、透明感のあるイエローのパンティの股には、細長いシミがついていた。

布地が温もりを帯びると同時に、貴重なシミがなくなってしまったんじゃないかと、ふと不安になったのだ。

「瞳さんの、マン汁……」

パンティを開いて股を覗いて見てみると、うまいこと、シミは消えないでくれている。

それはやや茶色っぽいシミだった。

場所は、ずっと下の、つまり肛門側の中央部で、膣から直接漏れたものと思われる。しかし、円くはなく、細長い。そういえば、姉の千草のシミも、円いことはほとんどないような気がする。これはきっと、女性器の形と、穿いてる時のパンティの股の状態の関係だろう。

脱ぎたてのように、パンティがほんわかしてるので、鼻を押し当てて匂いを嗅いでみたが、さすがに洗濯したもの、よい香りの洗剤の匂いしかしない。

「惜しいなあ……」

せめてほのかな残り香でも、と思うものの、洗濯した後とあっては、いたし方ない。

いや、そんなぜいたくは言えないと、高矢は思い直した。今、ここにこうして、ほかでもない春野瞳の下着があるだけで、幸運の極致と感謝しなければならない。パンティだけでなく、ブラジャーもあればパンストもある。これで心からありがたがらなくては、バチが当たろうというものだ。

「じゃ、奥さん、遠慮なく穿かせてもらうね」

一応、形だけでも感謝の気持ちを表わそうと、高矢はベッドを下り、カーテンを開けて、春野瞳の１０４号室を覗き見た。

「アワッ！」

カーテンから顔を覗かせた瞬間、高矢は弾かれたように飛びすさり、床に伏せた。

なんと、ベランダの向こうの窓に明かりが点いていて、赤っぽいカーテンが人の体半分ほど開き、ピンクか何かの色のネグリジェを着た瞳がこっちを覗いてたのだ。

ドッキンドッキンドッキンと、心臓が早鐘を打っている。

夜、洗濯物を干すことのない彼女が、心配になって見にきたことは間違いない。

ただ、見るだけでなく、取り込みにきたのだろうか？

トックントックントックンと、心臓が喘ぎ狂ってる。

いずれ明日になればわかることとは知っていても、明日と今とではまるっきり違う。それに、こっちは電気が点いてる。姉の部屋は豆電気で暗いから、それでなくてもここの明るさは目立つだろう。

カーテンは二重に引いてるから、それがせめてもの救いだが、彼女の目に一番目立つのは、ここの部屋なのだ。

〈まさか奥さん、おれが盗ったなんて思わねえだろな〉

グレーのカーペットにほっぺたをこすりつけ、そんな自分勝手なことを願ってみた。

夕方会った時は、明るくしゃべった。奥さんの前だから、ちょっとポーッとなっていたということはあるが、ごく普通の高校生のようにしゃべったつもりだし、彼女に興味を持ってることも、下着オナニーのことも、雰囲気さえ出さなかった。

もしあの時、電話が鳴らないで、長くしゃべってたらどうなったかわからないし——というのも、肉茎がグングンなっていた状態だったから——少なくてもザーメンのニオイに気づかれてしまうということは大いにありえたが、それもなくて済んだ。

だからまず一〇〇パーセント、自分が下着ドロボウだなんて、思われてないだろう。

〈瞳さん、洗濯物、取り込んだのかな。まだかな〉

気になって気になって、どうしようもない。

カーテンを開けて、チラッとでも見てみたい。

彼女はもういなくなってて、電気だって消えてるんじゃないのか。見た時はガラス戸を開けてなかったから、ただ洗濯物が無事そこにあるかどうかを見ただけで、カバーもタオル類も下がってるから、それで安心して行ってしまったんじゃないか。

一秒、いや、十分の一秒でもいいから見てみたい。猛烈な誘惑に駆られる。が、まかり間違えば、一巻の終わりだ。

「うーっ！　いつまでこうやってればいいんだあ」

カーペットに顔をこすりつけ、高矢は呻いた。

瞳のパンティを右手に持っている。左手はぺたりと、カーペットについてる。

全裸。全裸で、カエルみたいにカーペットに這いつくばっている。立っているペニスの亀頭の裏側が、カーペットにこすれている。

何も、そんな格好でじっとしてる必要はなかった。カーテンに影が写らなければ、動こうがひっくり返ろうがかまわない。が、それができない。もう部屋に引っ込んでるかもしれない瞳に、じいっと射すくめられてるようになってる。

何分そうしていただろうか。たっぷり五分、いや十分はひしゃげたカエルの格好で這いつくばっていたと思う。

しかし、ただ一方的に攻めまくられるみたいにそうしていたわけではない。右手に握り締めた春野瞳のパンティを鼻に押し当て、半分は恍惚とした精神状態だったのだ。

いくら何でも、もうそこにはいないだろうと思いながら高矢が顔を上げ、カーテンに影が写らないように、壁のほうから徐々に顔を近づけてハイツを窺うと、さっき見たのはもしかして幻だったんじゃないか、というくらい、ベランダの向こうの窓は真っ暗で、ソファーカバーが闇に白く浮いていた。

6

あれこれ考えても、どうなるものでもなかった。高矢はパンティを手にベッドに戻ると、予定の行為を続行した。

ベッドに腰を下ろして足を伸ばし、女みたいな格好で、シミつきのイエローパンティを穿く。

パンティが膝を通る時に、股間の茶色っぽいシミが見え、そこが自分の陰嚢を包み込むのかと思うと、ゾクゾクしてしまった。

が、容易に穿くことはできない。さっきの緊張でやや萎えたものが再び勢いを取り戻し、ちっちゃなパンティには、とても収まりきらないようだ。

どうせもう自分のものになったものなのだ、破れたり伸びたりしてもいいと思い、穿けるだけ穿いてみようとしたが、結局穿くのは失敗。パンティも、破れそうでいて、なかなか破れるものではない。

仕方なくパンティはそのままペニスの付け根のところに紐状にして放っておき、高矢は淡いバラ色のブラジャーを着けた。

背中のフックを掛けるとさすがにきつくて大きな息はつけないが、それでもなよやかに変身して成功。

ベッドを下り、高矢はドキドキ胸をときめかせながら、机の抽斗《ひきだし》からスタンドミラーを取り出した。縦約四十センチ、横約二十五センチのものだが、机に立て掛けると、これでけっこう役に立つ。

〈瞳さんは、Cカップかなー?〉

バラ色のカップに膨らみを持たせ、高矢は胸だけ、鏡に映した。

その色っぽさに、ピク、ピク、ピクンと、立っているものが脈を打った。下側がパンティのゴムで絞られてるから、そこが過敏になっていて、たまらない。

見てみると、鈴口は赤い粘膜を見せて喘ぐように開き、透明な雫を盛り上がらせていて、それが、今にもとろーりと垂れそうになっている。

早くパンストを穿いて、思いきりほとばしらせたい。その欲求、打ちかちがたく、高矢はベッドに戻ってまた腰を落とし、黒褐色のパンストの左足を爪先のところまでたわわに丸め、馴れた仕種でするすると穿いた。

腿まで黒褐色に埋もれると、鳥肌立つような愉悦。右脚も太腿まで穿き、ベッドに膝立ちになった。動きはちょうど逆だが、ストリッパーか何かが、これから脱ごうとしてる格好だ。

「瞳さんのオ××コ、包んでたとこで……」

二重編みになった部分を、ふんわりとペニスにかぶせた。

そうしたつもりだったが、ペニスは屹立している、パンストは縮もうとする。それで股間に、緊張した黒っぽいテントが突き立った。

「ああー、これ……好きだ……！」

思わず内股になり、腰をかがめ、高矢は両手で黒い肉棒を握り締めた。とろりと粘液が溢れ、テントの先端に黒々としたシミを作った。

その黒いシミに、ふと、連想した。

瞳のオナニーのことだ。瞳は今日、オナニーをした。こないだみたく、またパンストを股に食い込ませてぐいぐい、締め上げただろう。そしてパンストを濡らしたラブジュースを舐めたりしゃぶったりしただろう。

「ああ、奥さんのオ××コが、ここに……」

パンストに包まれたペニスを握ったまま、高矢はベッドにくずおれた。

「あの奥さん、こうやってしたんだな、こうやって……」

左手で肉茎を握り、右手を尻の後ろに回してくいくい、パンストを引っ張った。

陰嚢を包んでるパンティが、陰嚢の裏側と肛門を摩擦し、えも言えぬ快感。

「奥さんもこうやってしたんでしょ？　マン汁、どくどく噴き出させてさ」

あの、ノーブラのTシャツの胸を窓枠に押しつけ、乳首をこすってるみたいにしていた瞳の姿が目に浮かんだ。

当然あの時、彼女はノーパンでもあったはずだ。だからきっと、彼女は腿をぴったりよじ合わせ、われめとクリトリスをにちょにちょすりすり、刺激していたに違いない。外からは見えなかったが、窓を拭いてるふりをして、彼女は実は、愉しみながら、オナニーのほてりを冷ましてたのだろう。

電話で中断した情景が、頭のなかで勝手につづけられる。

「ねえ、もしかして瞳さん、ノーパンなんじゃない？」

自転車のサドルから、ズボンのペニスのテントをまざまざと見せつけ、高矢が言う。

「えー？　わかっちゃうの？　どうして？」

高矢のテントを見下ろし、瞳がそう言って目を潤ませる。

「そりゃわかっちゃうよ。奥さん、スカートのなかで腿、こすり合わせてるんじゃない？　それ、オ××コ、気持ちよくしてんでしょ？」

「えー？　ウソー。どうしてそこからそんなこと、わかるの？」

「だって奥さん、ノーパンだから、オ××コの匂い、ここまで匂ってくるんだもん」

そう言いながら、高矢はさりげなく窓に近づいていく。

「ウソーッ。そこまで匂っちゃうーっ？」

「匂う匂う。瞳さんの……ここだっ」

窓の外の手摺りから手を伸ばし、瞳のアイボリーのスカートのなかに差し込む。

指先に、もしゃもしゃもしゃした瞳の茂み。

「あっ！　やあ～ん、高矢君のエッチーッ」

と、瞳が艶めかしく腰を引く。が、そこから逃げようとはしない。手だって、窓枠か手摺りにつかまっている。

「エッチって？　エッチだって？　このぼくが？　じゃ、ここ、こんなにねちょねちょに濡らしてる奥さんは、どうなの？」

逃げたデルタを追って奥をまさぐると、指先がわれめに挟まって、ずっぷり、熱い潤みに埋まってしまう。

「あっあっ、高矢君、カンニン！」

と口では言いつつ、瞳はいっこうに逃げようとせず、それどころか、気持ちよくて耐えられない、とでもいうふうに、アイボリーのスカートの腰をくねくね振りだす。

「オ××コ、こんなに濡らして、ノーパンでいるほうが、ずっとエッチなんじゃない？」

熱く潤んだ粘膜を指でこねっちょこねっちょしながら高矢がそう言うと、さすが人妻、瞳が逆襲に転じてくる。

「あっあっ、気持ちいい……あっ、高矢君、すごく気持ちいいわ。だけど、高矢君……高矢君だって、ここ……こんなにおっきくしてるくせして……」

腕の長さにかなりの無理があるかもしれないが、とにかく瞳は手を伸ばしてきて、サドルの上で勃起してる高矢のものをむんずとつかむ。

「あっ！　奥さん！」

童貞の高矢、ペッティングさえし合ったことのない高矢としては、人妻の指で触られるというだけで、ショックこのうえもない。

自転車になんか乗っていられなくて、スタンドを立てて、荷台に立ち上がる。

不安定だが、互いのペッティングにとってはベターだし、頭のなかで考えてるわけだから、その辺のことはちっともかまわない。

「ああん、おっきぃー。高矢君のおチ×ポって、すっごくおっきいのね。おっきすぎるぐらいー。それに、鉄みたいに硬いわ」

もにょ、もにょ、もにょと、微妙な指づかいでペニスを刺激した瞳が、オヤ？　というふうに、表情を変える。

「ちょっと変だわ、高矢君」

手を放して、指を鼻に持っていく。ンーッ？　という顔つき。

「やあだあ、高矢君。すっごい精液のニオイ、させてる。あなた、学校でオナニーして、パンツのなかに射精したでしょ」

「えっ、いやっ……」

と、図星の指摘に、高矢はしどろもどろ。

「やーねー、あなたって子はあ。授業中に自分でこうやってしたんでしょ」

瞳はズボンのファスナーを下ろすと、柔らかい指をブリーフのなかに入れてきて、シコシコスリスリ、ペッティングしはじめる。

「あー奥さん、気持ち、いいです……ぼく、女の人にこうやってしてもらうの、初めてなんです。だけど、いいです、さっきして、射精したばかりですから」

ペニスを刺激されると、急に女っぽくなって、高矢はなよなよ、よがってしまう。

「ウソ。射精なんて、何回したって平気なはずよ？　あたしだって、一日に何回もオナニーするもの」

瞳が勝ち誇ったようにして指を動かすので、高矢も負けじと、指を躍らせる。

「あっあっ、駄目。あたしは今日は、もういいの。夜、主人ともセックスしなくちゃなんないし」

「ダンナさんとはダンナさんとでしょ？　ぼくみたいな高校生とエッチするってのは、またべつでしょ？」

「あっあっ、あー駄目、気持ちよすぎる。ねえ、高矢君、気持ちよすぎるわ。どうにかして」

そう言って瞳がスカートをまくり上げ、窓の敷居に上がって裸の股を開く。

体位にやや無理があるが、指だけでは物足りないのだろうと、とにかく高矢はもしゃもしゃ茂みの飾りのついた赤いわれめに舌を挿し込み、舐めてやる。

「ああ～ん、高矢君、高校生なのに人妻にそんなことして、あっ、ああ～ん、気持ちいいー、気持ちよすぎるう～っ」

瞳が腿をぶるぶるさせてよがり、その人妻の快感が伝わって、高矢も腿をぶるぶるさせ、発射寸前になってしまう。

「高矢君、あたしにもさせて。高矢君の、あたしに咥えさせて」

窓の外の手摺りに密着して瞳が横向きになり、シックスナインをしてこようとする。それで高矢は自転車の荷台から手摺りに飛び移り、瞳と逆向きになってへばりつく。

瞳がペニスをかぷっと咥え、金網ファックみたいなシックスナインが始まった。

「あっ、瞳さん、奥さんの口、熱くてとろっとしてて、すごく気持ちいい」

半分現実に戻り、高矢はベッドに横臥し、瞳の性器を舐めてるつもりになりながら、パンスト越しに肉棒をしごき、瞳のフェラチオを根元まで受けてる悦楽に酔い痴れた。

とぴゅっと、最初のほとばしりがパンストを打ち、次に後頭部が痺れ、それから甘美な痙攣が起こった。

「瞳さん！　あっ、奥さんの口に……瞳さんの口に……」

とぴゅ、とぴゅ、とぴゅと、リズミカルな噴出が始まる。

その一打ち一打ちが、いつもの射精とは快感を異にしていた。

いつもは外への放出だった。あるいは、下着に包まれての射出だった。

しかし今は、なかへの射精だ。それも具体的に、春野瞳の口への射精。

それが、春野瞳のパンティを穿き、ブラジャーを着け、パンストを穿いてのめくるめくエクスタシー。

ベッドの上で甘美な痙攣を繰り返しながら、目の前に春野瞳の体温を感じ、脈打つペニスをくるみ込む、熱くぬめる口を感じていた——。


ペニスが萎え、放心状態の頭で、高矢は思っていた。

パンティとブラジャーを返しておこうと思っていたのだ。汚したのはパンストだ。ブラジャーは体に着けただけだ。

パンティは、汚したというわけではない。いくぶん体臭を吸ったかもしれないが、このまま返しても、おそらく気づかれることはないだろうと、高矢は思った。

第四章　スカートの奥、女の匂いに誘《いざな》われ

1

そういうことが、五回も六回もつづいた。

最初の時は汚したパンストは戻さなかったが、二回目からは、高矢は瞳の下着に射精することは避け、失敬してきたものを全部返すようにした。

洗濯した自分の下着が、いったん盗まれ、快楽の道具として使われ、体臭を吸って再び戻されているのに感づいているのかいないのか、瞳はまるでそれが習慣になったかのように、午後、あるいは夕方に洗濯をし、朝になって取り込むということをするようになっている。

仮に、彼女が〝下着の秘密〟に気がついているとするなら、これはもう一種のゲームになってると言ってもいいが、彼女がどういう気持ちでいるのか、もちろん高矢は知らないし、訊いてみたこともない。

「お帰りなさい」と、瞳が親しげに声をかけてきたあの時以来、高矢たちは二、三日に一度は顔を合わせ、ちょっと挨拶程度の会話を交わしているが、不思議とたいてい家のなかと外でのものだ。

それはまるで彼女が部屋から外を窺っていて、高矢を見つけると、さも用事ができたかのように窓を開けるようにすら思える。というのも、もう十一月半ば、窓を閉めてあるのが普通なのに、彼女は例の寝室の窓を開けて、言葉を掛けてくるからだ。

あのことの直後に顔を合わせた時は、さすがに高矢は彼女のことをまともに見ることができない思いだった。が、そこは当然、知らんぷりをして、言葉を交わした。へたに目をそむけたりすると、自分がしたことをあっさりと見抜かれるおそれがある。

いつものように〝使用後〟の下着をこっそり戻しておいた夜の翌々日、彼女と会った。

例外的にその日、彼女は外にいて、買物から帰ってきたばかりのようにも思えたが、ほんわりした手に玄関ボウキを持っていて、窓の下の掃除でもしていたらしい。

「あら、高矢君、お帰りー。今日はわりと早いのね」

遠くから彼女の姿を認めて胸をドキドキさせ、半分は気づかぬふりをしながら、高矢が自転車で歩道を走っていくと、ふとはじかれたように、白く輝く顔を上げ、彼女が言った。

「はい。ちょっと……」

そう答え、高矢はゆっくりと自転車を止めた。

「高矢君、部活とか、してないの?」

「いえ、してますけど。今日は自由出席なんです……」

前々夜の悦楽を思い出し、蟻の戸渡りがサドルを意識してジリジリした。

「部活。何してるの?」

「U研です」

「え?　ユーケン?　何それ。拳法か何か?」

「いえ。UFO研究会です。部活っていうか、同好会なんですけど」

「へえー、ＵＦＯ研究会！　珍しいわねえ。どんなことするの？」

彼女が興味を持った目をして体を近づけてきたので、高矢は蟻の戸渡りをますます意識しながら、ざっと説明した。

会員は十八名。手に入れた資料を持ち寄り、その真偽について議論をする。あるいはＵＦＯと交信をするために山奥に出かけることもあるし、ミステリーサークルを探して田舎に出かけることもある。しかし、活動の実態は、自分たちがＵＦＯっぽく写した写真を見せ合って楽しんだりすることのほうが多い……。

「でも、面白そうね、ＵＦＯ研究なんて。高矢君はＵＦＯ、信じてる？」

春野瞳が半歩接近して、二人の距離が六十センチぐらいになった。

ほんわか香水の香りが漂った。それでさらにサドルの感触が、蟻の戸渡りを刺激した。

「ええ。まあ……」

彼女の香水の香りと蟻の戸渡りのせいで、頭がぽわ～んとなった。

「そりゃそうよね。信じてるから研究してるんだもんね」

春野瞳が、人妻っぽく笑顔を作って言葉をつづけた。

「で、その、ＵＦＯってのの、未確認飛行物体って言うのよね？」

「はい。そうです」

陰嚢の奥のペニスの〝地下茎〟が太く硬くなり、勃起の前兆を告げた。意識するまいと思った。それを意識してしまうと、あとは一気呵成、勃起しきるまで、とどまるところを知らない。

「未確認だから確認したいって欲求、あるわけね」

「はい。そーです」

〝地下茎〟の異変に追い打ちをかけるように、瞳が「欲求」なんて言うものだから、完全に始末が悪かった。自転車から下りたほうがいいかとも思った。が、直立すると、体と直角に立ってるモノは、きっといやでも目立つことになるだろう。

「実はね、最近、あたしもちょっと、未確認のことで……あんのよね、ウン」

小首をかしげ、考え込むふうにして言った彼女のその言葉に、すーっと血の気が引いていき、幸か不幸か、勃起にもストップがかかった。

「未確認のことって、何ですか？」

内心の動揺を隠し、高矢は表向き平然として言った。

「ンー。それがね？　えー？　やだー。恥ずかしいなあ」

と言って、玄関ボウキを持っていないほうの左手を、瞳は色っぽくほっぺたに当てた。

「は？　恥ずかしいって？」

彼女のオナニーのこと、そして自分の秘密のことが同時に頭に浮かび、そのうえ彼女のランジェリーが闇にひらひらして、目がかすみそうだ。

「ねえ、聞いてくれる？　高矢君だから話しちゃうけど、ここんとこちょっと、変なことが起きてるのよねー。お姉さんとか、何も言ってない？」

「は？　どういうことですか？」

向かい合ってるのも辛い。その緊張感で、ペニスは早々と首を縮かめ、消えてなくなったみたいになってる。

「ほかの人とかに言ったりしちゃ、駄目よ、いい？　ほかの人は関係ないんだから」

「は……はい。言ったりしません」

「実はね？　この頃ちょっと、変なの。洗濯物のことなんだけど」

「……洗濯物？」

さっきの瞳のまねをして小首をかしげ、高矢は素知らぬふりをして言った。精いっぱいの演技だった。

「なんかね？　洗濯して干したのに、朝になってみると、洗濯してないみたいな、する前みたいな、そんな感じなの」

「はあ……。あのー、春野さん、洗濯、夜、するんですか？」

ディフェンスに必死になり、心臓は爆発しそうだ。

「ううん。夜ってんじゃなく、まあ、午後が多いけど、取り入れるのは、朝ね、たいてい。そしたらね、なんかね、洗濯する前みたいなの」

「つまり……汚れてるって？……」

「ンー。汚れてるってほどじゃないんだけど、どことなく薄汚れてるんじゃないかって、なんとなくだけど……」

「もしかして、春野さん、洗濯したつもりで、洗濯してなかったり……ナ～ンチャッテ！」

最大限剽軽さを装い、言ってみた。が、あっさりと肩透かしを食らった。

「ううん、まさかそんなことはないんだけど」

と、瞳は真面目な顔つきになり、左手をハンドルに掛けてきた。

グリップより中央寄りを握っていた高矢の左手と、ほんの五センチの隔たり。

それがどうも、接触を狙ってるような按配なのだ。

「朝になったら洗濯してないみたいになってるなんて、あるのかしらね?」

「それ、ど……どういうことなんですか?」

言葉と仕種の両方で攻められ、高矢はあせって、どもってしまった。

「ンー。汚れって言うような汚れじゃないんだけど、何て言うのかなあ。そう、体臭みたいなのがついてるって感じ。残り香って言うか」

「へー。どういうんでしょうね」

矛先をどうかわそうかと思ってると、すりすりと往復してハンドルを撫でた瞳の白い指が、一瞬、触れた。

「それがね、その体臭、あたしのじゃなくて、男の人のなの」

「えっ、男?」

驚いた顔を瞳に向けた時、それと時を同じくして、オナニー妻の柔らかい指が、しっとりと接触してきた。

「そ、間違いなく。それも、うちの人のじゃなく、違う男の人のものなの。わかるもん」

ブリっ子アイドル歌手みたいに、瞳がすねた上目づかいで、誘い込むように高矢のことを睨んだ。

人さし指に親指、親指に人さし指をそっと触れさせ、じっと見つめるその顔は、どうして夫の体臭と下着に残された体臭の違いとがわかるのか訊いてみてほしい、と訴えてるように、高矢には思われた。

2

まるで誘導尋問にかかったように、高矢は訊いていた。

「どうしてダンナさんのと下着の体臭が違うって、わかるんですか?」

「そりゃ高矢君、体臭っていうのは、人、一人一人、みんな違うものでしょ?」

そう言って瞳は、つっと指を離した。高矢は残念に思った。が、その時、瞳が〝第二種接触〟をしてきた。そのためにいったん離したみたいだった。

その〝第二種接触〟は、単なる接近じゃなくて、柔らかい指をふんわり、かぶせてくるものだった。かぶさってきたのは、左手の人さし指と中指の二本。かぶせられたのは、同じく左手の人さし指と中指、中指と薬指の指の付け根、股の部分。一方、瞳の親指は下に回って、薬指の指先に触れている。

「ね、高矢君のお母さんとお姉さんだって、やっぱりどこか違う匂い、するでしょ？」

「え……あ、さあー、どうかよく……嗅ごうと思って嗅いだこと、ないスからあ」

真っ赤になって、高矢はそう答えた。

左手がそんなふうに人妻の指でくるまれてる、ということもあったが、瞳が「体臭」ではなく「匂い」と言ってきたので、高矢は、自分の深夜の秘めごとのことを、瞳が透視でもして知ってるんじゃないかと思ったのだ。

「そう。でも、お母さんかお姉さんとあたしなら、わかるでしょ？」

瞳がそんな大胆なことを言ってきたので、高矢は返答に困ってしまった。大胆といえば、してること自体、そうだが。

返答に困った高矢がゆ〜らり、雲の上にでもたゆたってる思いで瞳のことを見ると、瞳は高矢の指に触れている指にきゅっと力を入れ、離した。

「ね、その手の匂い、嗅いでみて？　お姉さんたちとは違うってことがわかると思うわ？」

その指示どおり、高矢は指を鼻に持ってきて、匂いを嗅いだ。

くらくらと、めまいがした。匂いらしい匂いはなく、あるといっても自分の手の匂い程度しか感じられなかったが、しっとりした印象が鼻の粘膜に残った。

「どう？　違いがわかって？　違うでしょ？　やっぱり」

瞳がオフホワイトのトレーナーの腕を伸ばし、高矢の手をつかんできた。

「え？　いや、ちょっとよく……。なんか、自分の匂いしかしないみたいですけど……」

高矢は正直に答えた。その答えが瞳に与える影響なんて、もちろん心になかった。

「あたしの匂い、全然しない？」

「いえ……。何て言うか……春野さんに触られたって……そういう印象っていうのか……」

「その程度しかしなかった？」

「はあ……まあ……」

「じゃ、あたしの匂い、じかに嗅いでみて？」

なんと瞳はそんな恐ろしげなことを言うと、高矢の手をつかんだまま、自分の手を高矢の鼻先に突きつけてきたのだ。

コトここに及んで、まさか尻尾を巻いて逃げ出すわけにもいかなかった。

「えー？　それじゃあー。失礼して」

照れ臭さをごまかして、高矢は握られてる手で逆に瞳の手を握り返し、爪が嗅いみたいに光る、人さし指と中指の先の部分の匂いを嗅いだ。

「アッ！……」

と、ショックに、思わず叫びそうになっていた。

どう考えても〝性臭〟としか思えないほのかな匂いが、鼻から脳天に突き抜けたのだ。

姉の千草の汚れたパンティの匂いを知ってるから間違いなかった。布地につく匂いが指につくと、こういう匂いになるのだろう。

しかし、どうして……。どうして瞳さんはわざわざこんなことまでして、自分の性器の匂いを嗅がせようとしたのだろうか。やっぱりこれは、パンティに体臭をつけた本人がこの自分であることを知って、それに対する何らかの報復ということで、してることなのだろうか。

しかし、そんなことをあれこれ詮索してる暇はなかった。瞳が、カサにかかって攻めてきたのだ。

「どう？　ね、高矢君、どう？　このへん」

そう言って瞳が手のひらを返し、高矢が嗅いだ指の背中側でなく、腹側とその両脇の匂いを嗅がせる。

「特別理由はないんだけど、ちょっとよく、ていねいに嗅いでみて?」

その言い方そのものが、理由大アリ、を白状してる。

〈あっ……アソコの匂い……〉

いきなりムクムクと、立ちはじめた。

今まで縮かんでいて、陰嚢がサドルに押し上げられ、頭が右上を向いていたものだから、アングルがまずかった。あれよあれよという間に勃起し、肥大した亀頭の裏側が心地よく刺激され、〝紫光り〟してる感じ。

制服のブレザーは、ボタンをはめていない。だから、グレーのズボンの前は、隠すものもなく出っ張っている。

しかし瞳は、そこを見ないようにしてるふうだった。きっと、ここまで引きつけておいて逃げられることを恐れているに違いなかった。

そのかわり、指のほうでの攻撃がいっそう厳しさを増した。

「ニオイ、するでしょ?　しない?」

「……し……します」

た。

「どんなニオイ？　くさいって感じのニオイ？」

指先の腹の部分が、まるでオナニーでもするみたいに鼻の穴にこすりつけられた。

「とんでもありません。すごくいい匂いです」

「お姉さんのとかとは、やっぱり違うって感じ？」

「いえ……さあ、それは……」

指先で鼻をこすりこすりされて、まさかのけ反ることもできず、といって、瞳の指にばかり注意してたら自転車からズッコケる危険もある。

「ね、高矢君、男の人の鼻が、男の人の体の、あるものを象徴してるとかって、聞いたこと、あるでしょ？」

今初めて聞いても答えがわかりそうな言い方で、瞳が言った。

「はい。まあ……あるような……」

「じゃ、女の指先の匂いが、女の肉体の、ある部分のニオイと似てるって、聞いたことは？」

「え？　そうなんですか？」

簡単に引っかかり、高矢はそう言ってしまった。

「そうなんですかって、高矢君、あなた、それ、どこのことって思ってるわけ？」

「えっ？　あのーっ、それは……足の指の匂いとか……」

「やっだーっ！」

瞳がけらけら笑って高矢に握られてる左手を引っ張り、玄関ボウキをうっちゃって、右手で高矢の肩を叩いた。

その動きで、高矢は引っ張られた左手で、瞳のオフホワイトのトレーナーの胸に触ってしまったのだ。左の乳房だった。

〈あっ、瞳さんのおっぱい！〉

右上を向いて立ってる肉棒がピクピク脈動し、粘液が滲み出た。

3

「ねえ、高矢君、あなた本当にそんなこと、思ってんの？」

つかんだ高矢の左手をトレーナーの胸に接触させたまま、瞳が言った。その目は潤みをたたえ、妖しく揺れている。

真ん中より少し左寄りのところで左右に分けた、明るいブラウンの髪。まあるい額と、大きな黒い瞳が目立つ顔。大きな目が、白い丸顔にとても似合っている。明るいブラウンの髪は、てっぺんが光っているどこか少女っぽい鼻をつけた白い丸顔をふんわりと包み、両肩にしっとりと掛かっている。

「ね、高矢君、冗談じゃなく、そう思ってる？」

柔らかいメゾソプラノで、瞳が再度訊いてきた。

「え？　あ、はい。そうじゃないんですかあ？」

前言を翻すわけにもいかず、高矢はすっとぼけて言った。

「指と指ってことではおんなじだけど、手と足とじゃぜんぜん違うって、思わない？」

「いや……ですね。フツーの女の人はそうかもしれないですけど、春野さんは……もしかしたらそうじゃないかって……」

へたな口実を連ねながら、高矢は左手がどうにかなりそうだった。

瞳の手でつかまれ、トレーナーの胸の膨らみに触れさせられている左手はというと、こんな具合だった。

手は、瞳のぽてっとした左手で、親指と人さし指と中指の三本を、やさしくくるみ込まれている。指を上に向けて握られているから、小指の付け根の部分が、瞳のトレーナーの胸、左乳房の内側、乳首のわずか四、五センチ内側、と思われるあたりに触れているわけだ。

それが、瞳の一呼吸一呼吸に乳房が上下するものだから、それにつれてブラジャーのカップのへりが生々しくこすれ、その感触がたまらないのだ。

ちょっとでも押せば、手は瞳自身の指を埋め込み、いとも簡単に乳房を覆ってしまうことになるだろう。それはいつだって、やろうと思えばできそうだった。

そして実際、何かの弾みを装って高矢がそうしても、瞳はニッコリほほえんだまま、それを受け入れてくれそうだった。

「ウソ。ほんとにそう思ってるの？」

瞳をキラキラさせ、瞳が言った。三本指を握る指が湿度を増した感じ。

「はい。まあ、一応」

「一応、って？」

そう言って高矢の顔を覗き見る動きで、胸がすぼまり、乳房がたわわに膨らんだ。ブラジャーが大きく湾曲した。が、肉の膨らみのほうが勝った。ブラジャーのカップのへりから、ぷよぷよした白い肉が溢れ出た。

〈あっ、おっぱい……〉

　右上に向かって窮屈に立ってる肉茎がまた頭を振り、ブリーフに粘液を滲ませた。

「だいたいの予想ってことで、そのー、確かめたりできることじゃないですからあ……」

「確かめてみたいとかって、高矢君、思う？」

　そのままでも顔が正面に見えるのに、瞳はわざわざ背中を丸めて胸をすぼめ、首をねじ曲げて高矢のことを覗き見た。

　それはまるで、下から迫って口づけをせがんでいるようにも、思えた。

　瞳は、口紅を塗っている時といない時と、半々ぐらいだが、買物帰りらしい今は、明るい朱色のルージュを塗っている。上唇はきれいな山形を描いていて、下唇はもともとぷっくりと丸く豊かなのに、ルージュのぬめりのせいで、それがいっそう強調されて見える。

　しかし、口づけをせがんでる唇よりも、オフホワイトのトレーナーの胸だった。ぐうっと身をかがめる格好をしてるので、円い襟ぐりからなかが覗けて、ピンクのブラジャーからはみ出た乳房の肉が窺えるのだ。

信じられないぐらい柔らかそうに見えた。ほんの指先での一接触でもいいから、じかに触らせてほしい、と思った。

「ねえー、高矢君、確かめてみたいとかって、思う?」

「は? えっ……」

白い柔肌の覗き見に、何の話だったか忘れてる。

「やあだあ、なに、ぼーっとした顔なんてしてるのお? ねえ、あたしの手の指の匂いと足の指の匂いが似てるかどうかって、本当に確かめてみたいって、思う?」

「えっ? えっ、はいーっ、思いますう。もっちろんー」

「ウッソオーッ」

かがめていた体を立て、瞳が声を大きくした。

手は、トレーナーの胸から離れたが、それを惜しいとは思わない。瞳が、まだ指を握ったままだからだ。これから何カ月も離れ離れに暮らすことになる恋人の別れみたいに、温もりを一つにして、瞳はしっかり握っている。

大きな瞳が、濡れて輝いてる。とても二十代半ばの人妻とは思えない。自分より年下の、小学校上級か、中学一、二年ぐらいの女の子みたいな感じだ。そう強く思わせるのは、てっぺんが艶々してる、どこかあどけない鼻のせいでもあるようだが。

「あたしの手の指、こうやってするみたいに、足の指、こうやって、できる?」

高矢の指を握ったままの左手の指が、また鼻に近づけられた。

クラクラッと、めまいがした。

そのめまいで、体のバランスが崩れた。自転車が右に倒れようとしたのと同時にハンドルが左を向き、それが瞳の左腿に当たって瞳がきゃっと叫び、アッ、ヤバイ! と思いながら高矢は自転車に重なって倒れていた。

4

倒れたといっても、不様な格好で転んだわけではない。瞬間的には前向きに転んだが、すぐさま体勢を立て直し、倒れた自転車を跨いで四つん這いになって、体を起こそうとした。

が、その高矢の体に、瞳がもたれかかってきたのだ。

それが、もたれかかってきたのか、わざと高矢を転ばそうとして体ごと押してきたのか、それとも瞳も体のバランスを崩し、転んでしまったのか、高矢にはわからなかった。

「あ、あ、いや～ん」

なんて、アノ時みたいな悩ましい声を出し、瞳がずるずると、自転車の前輪に尻餅をついた。

「ああ～ん、高矢君、助けてえ～」

瞳がそんな甘えたことを言ってしがみついてきた。

自分より彼女を助けるほうが先だと、高矢は崩れた四つん這いのまま、右手で体を支え、左手で瞳の手を引っ張ってやろうとした。

と、ちょうど目の真ん中に、スカートのなかが見えてしまった。

明るいブラウンのミニに近いスカートのなかは、カラシ色のてろてろした裏地と、パープルっぽいパンスト。その奥の、腿と腿が接するかどうかという狭間に、白系統のショーツ。

〈あっ！……〉

そのエロチックさに、半分忘れていた勃起のことが、あらためて思い出された。

が、今はそれどころじゃない。そのままの体勢では瞳を起こすことは無理なので、とりあえず高矢は立ち上がり、右手を引っ張った。

「んっ、んっ……んっ！　や～ん、あたし、お尻、重いからあ～っ」

右手一本だけを引っ張られただけじゃ起き上がることができなくて、瞳は両手で高矢の手につかまったが、うんうん言うだけで、ちっともヒップが持ちあがらない。

「や～だ～、高矢君ーっ」

両手で高矢の左手をふんわりつかみ、瞳がギブアップの声をあげた。

前輪のリムのところにヒップをつき、瞳は両膝を立てている。立てた膝は三角形の形で合わさっているが、膝から下の等辺が開いていて、パープルのパンストの奥の白っぽいショーツが、足の三角形と相似形の二等辺三角形になって見えている。

「ねえ、高矢君、ちゃんと引っ張ってーっ」

このヒトはいつから自分に向かってこんな恋人みたいな口のきき方をするようになったのだろう、と思うような甘ったれた口調で、瞳が助けを求める。

「はいー。どーもすいませんでしたー」

見ちゃならんとは思いながらもしっかりその二等辺三角形を見て、高矢は瞳を引っ張り起こした。

んっ、と力んで、瞳が腰を浮かした。

ドキッ！　とした。膝頭が離れ、なかに見えていた白い三角形の頂点が広がって、凹レンズ形の股間がまともに目に飛び込んできたのだ。

雑誌なんかは別にして、女のそこをそんなにまともに目にしたのは初めてのことだった。

腰を思いきり低くした水上スキーの構え、脚は大きく開いているが、膝はせばめ加減。だから、うまく力が入らないのだ。

「大丈夫？　春野さんー」

口では親切ごかしにそう言って、高矢は秘密の股間を見た。

パープルのパンストが邪魔をして、完璧じゃないが、それでもデルタのふっくらした盛り上がりは手に取るように見えるし、その下では、左右の花弁が膨らんでるのに、真ん中は凹んでいて、心なしか湿ったようになってるのもわかる。

「大丈夫、じゃ……んっ！……ないわよおー、んっ！　んっ！」

腕の一引き一引きに腰をせり出す動きを見せ、瞳はようやくにして起き上がった。

ところが、立ち上がったら立ち上がったで、瞳は次なる行動に出てきたのだ。

「痛くなかった？　高矢君、ケガ、しなかったあ？」

そう言って瞳が右側の腰にやさしく手を触れてきたので、高矢はゾクゾクッと鳥肌立ちそうな感じを覚えた。

「は、はいー。ダイジョブです。へーキです」

指が、あと八センチも内側だったら、右上を向いて立ってるモノに触れてしまうところだったので、ヤベーヤベーと冷や汗ものだった。

「あたし、痛くしちゃった。ここ」

高矢の腰に触った手を自分の左腿にあてがい、瞳が眉を哀しげに歪めた。

「えっ。転んだ時ですか？」

「ううん、その前。自転車がぶつかってきて」

「あっ、ごめんなさい。すいませんー」

高矢は瞳がさすっているところを見たが、そこは左腿のかなり上のほうで、ショーツのへりのあたりのように思えたから、まさか、撫でてやるわけにもいかなかった。

が、その瞳が、あたかも高矢の介抱を待ち受け、誘い込むかのような言い方をする。言葉だけじゃなく、大きな目で強く訴えかけている。

「ここ、自転車、ぶつかってえ」

潤んだ黒い瞳がじぃーっと見つめる。

「どこ……ですか？」

「だからあ、ここ」

腿をさすっていた左手が伸びてきて高矢の右手をつかみ、そこに導いた。

明るいブラウンのスカートの、左側の、腿。と思ったら、腿は腿でも横じゃなく、ずっと前のほうなのだった。ほとんどぎりぎりのアブナイところに、瞳が触らせた。

「ここ……ぶつけちゃった」

そう訴える瞳の声が、かすかに震えを帯びているように、高矢には思われた。

「どっ……どもっ、すいません」

と謝り、雲の上に浮かんでるような夢見心地の気分。

腿の前面の出っ張りと、それが内側にぐうっと落ち込んでいくエロチックなカーブが指先に感じられ、ほんのあと二、三センチで念願のポイントに接触するんじゃないかと、心ここにあらずの浮遊感。

「ね、わかる？　ここ」

なんて訊かれても、そんなのわかるわけがなかった。

「いっ、痛いんですか？　ここ」

指先を動かして撫でさすってやろうと、チラとは思ったが、実際はそれどころじゃなく、指なんか一ミリも動かせない。

「ううん。もう痛くなくなっちゃったけど、跡はついてるかも」

「は？……」

あらためて瞳の目を見て、ドッキリ、心臓が躍った。

ブリッ子の黒い瞳が、とがめてるのだ。非難してる。すねてる。

「ぶつかったとこ、高矢君、撫でてくれる？」

「はっ、はい。こうですか？」

なんとか指を動かして、高矢はそこを撫でてやった。

「ううん、そこじゃなく。もちょっと、内側」

三分の一は冷たく、三分の二は甘く、瞳が言った。

そんなこと言われても、おいそれと指を動かすことはできなかった。数センチも動かせば、デルタなのだ。いや、もしかしたら瞳は、デルタそのものを痛くしたのだろうか。

「もちょっと内側ったたって……」

それを〝決行〟してもいいのか、という意味で、高矢は言った。

瞳が、ニッコリした。それまで、時に年下に見えることもあったのに、にわかに十歳も年上になったかのような艶めかしい顔つき。

「見なくちゃ、わからないかしら」

「……」

高矢は、何とも答えられなかった。頭に、さっき目に焼きついた、白っぽいショーツのたたずまい。

「スカートの上からなんて、わからないものね」

「……」

それにも、何とも答えられない。高矢は、瞳のショーツのことをまざまざと思い浮かべながら、黙っていた。

「見て……撫でて、くれる?」

ぐっと迫る感じで瞳がそう言い、高矢の両手を握っているそれぞれの手に、しっとりと力を込めた。

「……ここ……で、ですか？」

喉に痰が引っかかったようになって、声がかすれた。

「やーだ。ここでなんて、いくら何でもできないじゃない。そう思わない？」

「思い……ますけどお……」

「さっき言った、別のことも、してくれる？」

「は？　別のこと？」

もう高矢は、頭が朦朧としていた。グロッキーになってただ闇雲に腕を振り回している、ダウン寸前のボクサーみたいだ。

「あたしの……あ、し」

瞳がさらに、体を寄せてきた。

ああ、足の匂いのことか、と、高矢はまとまりも何もない頭で思った。

瞳がいっそう近づいて、あ、香水の匂いがするな、と思った時、ズボンのなかで立ってるものの脇を触られた。右上を向いて立ってるペニスの根元の部分、左鼠蹊部周辺を、瞳の右手がふんわり、掃くように触ったのだ。

「あたし、ここ、痛くしたんだけど、見て、くれるんでしょ？」

瞳が、小悪魔みたいなブリッ子歌手の目つきで高矢のことを睨む。

高矢が右手で触ってるところは、まともにアソコ、と言って過言ではない。そこを見てみたいし、足の匂いも嗅いでみたい。

が、今、ここに自転車を置いて、部屋に上がってもいいものだろうか。それに、もう夕方。母はパートから帰ってきて、台所で夕食の支度をしてると思う。もしかして、台所の窓を開けてたりして、自分が学校帰りに春野瞳のところに上がってるのを知られてしまうなんてことはないだろうか。

「あの……なかでですか？」

「そ。だって、ここじゃ、できないでしょ？」

瞳が、自転車を起こそうと、しゃがんだ。自転車を起こすことさえ頭になかった。

自転車を起こすために高矢が身をかがめると、高矢が握ったハンドルに瞳も手を掛けてきて、手と手が触れ合った。するとそれに意を強くしたように瞳は手をふわっとかぶせてきて、そのうえ、愛撫するように撫でるのだ。

もう、こうなったら、母に知られようがどうしようがかまやしないと思った。

こうなったらおれも男と、高矢は心を決めた。

「でも、自転車、ここじゃちょっとまずいわね。おうちに置いてくる？」

「いや、どっか……そのへんに置いてきます。いいスか？」

「じゃ、あたし、先に入ってるから。一応、入ってくる時は、人に見られないようにしてくれる？　いろいろと、あるから」

「はい。わかりました」

こっちにもいろいろ都合があるからと内心喜び、高矢は道路を挟んだ向こうの児童公園の木立に向かった。

すでにあたりは薄暗くなっている。公園には人っ子一人いない。

高矢は植込から木立に入り、自転車の鍵を掛けた。カバンは、荷台に縛りつけたままにしておくことにした。

「よし、と。行くぞ」

声に出して自分を励まし、いざ、そこを立ち去ろうとした。

と、ブリーフのなかが濡れてるのに気がついた。ずっと立ちっぱなしだったから、いいかげん粘液が染み出してるのだ。ペニスはいくぶんゆるんでるが、相変わらず右上を向いている。これはちゃんと下を向けておいたほうがいいと思った。

それに、膀胱も空っぽにしといたほうがいい。女体というのは、じかに見るのも触るのも初めての体験。膀胱が張ってると、思わぬ時に発射させてしまうことも考えられる。

高矢は、あたりに人がいないのを確かめ、制服のズボンの前を開いた。

もしなんなら、小便の前にイッパツ抜いておきたいとも思ったが、さすがにそれはもったいない気がした。

5

階段を上がっていき、チャイムを押すと、間髪を入れずドアが開いた。覗きレンズから見てたらしい。

「どーぞー。入ってえ」

ドアを細めに開いてささやき声で言い、向かいのドアを見ている。だれかが出てきたらと、高矢は急いで入った。

玄関を入って右手が、バス、トイレ。その向こうが、いつも瞳が顔を出す、たぶん寝室に使ってる部屋。左手にも部屋があるが、襖が閉まっていて、なかは見えない。その向こう、寝室らしい部屋と、廊下を挟んで反対側に当たるのが、リビング。瞳がオナニーをしていた部屋だ。

「どーぞー。汚くしてるけどお」

と高矢が入れられたのは、リビングだった。リビングとキッチンがつづいてる。大して広くはない。3DKというのか2LDKというのか
リビングに入る前、カーテンがちゃんと引かれてるかどうか、高矢は確かめた。カーテンは例の薄い白レースのものだった。リビングにはもう、瞳は電気を点けている。当然高矢の家から、丸見えに近く見える。

「あの……カーテン、いいですか？　こっちの、閉めてくれたら……」

顔を半分だけ覗かせ、高矢は言った。

え、どうして？　という目をして、しかし理由は問わず、瞳は手前の、ワインレッドのカーテンを引いた。どうぞ、これでいいでしょ？　と、まるい額に三本の、皺とは言えない筋を見せ、目で招く。

入って左手の壁際に、白いカバーが掛かったソファーがある。本体の色は、ベージュだ。右手向こうにテレビとビデオデッキ。そのこっちに、長さ一メートルはある玉スダレが下がっていて、その向こうがキッチン。

高矢が、ソファーに腰を下ろすものかどうか迷っていると、さっそく瞳が言ってきた。

「高矢君の自転車であたしが痛くしたとこ、調べてくれる?」

サークル螢光灯五個の電気の下に突っ立って、瞳はオフホワイトのトレーナーの胸を突き出し、無防備に両手を下げている。

「すいません。痛かったですかあ?」

いきなりそこに触ることもできず、高矢はとりあえず謝った。

「そうよ? ぼこっ、なんてぶつかったんだもん」

と、丸顔、大きな目の瞳が、ちょっと恨みがましく訴える表情。

「ここ……ですか?」

瞳は無防備に突っ立ってるし、もう我慢もできなくて、高矢は明るいブラウンのミニっぽいスカートの左腿に、右手を伸ばした。なんとも温もった感触。茶色のスカートとカラシ色の裏地と、パープルのパンストを隔てて、温かい瞳の肌。

「ううん。そこじゃない。もっと、内側のほう」

訴える目つきを強くして、瞳が腰を揺らした。

「もっと内側って……このへんですか?」

高矢は手を左にずらした。

胸がときめく。心臓が躍り狂う。死にそうなくらい、苦しい。

手をそのまま左にずらすと、腿と腿の間になる。だから、瞳が痛くしたところがそこじゃないのは、わかっている。が、上になんて、ずらせない。心ではそこに這わせているつもりで、心とは裏腹、手はまっすぐ横にしか動かない。

「そのへんじゃないわよ。そのへんには、なんにもないでしょお?」

それをちゃんと確かめさせようというのか、瞳は、自然な形に開いていた腿をせばめた。

スカートがふんわりとゆるみ、デルタと股の付け根のありさまが、手に取るようにわかった。そこに、自分の右手が、かすかに触れるかどうかで挟まってる。

「じゃ、もっと上ですか?」

そのまま手を上に這わせたら、そのものズバリをこすることになると、ぐらぐらめまいを覚えながら、高矢は言ってみた。

「そ。もっと上。そのまま上に、手、動かしてみて?」

瞳が誘ってきた。女のことは何も知らない高二の自分を、人妻が誘ってる。

「この手……このまま動かしたりしたら……ここ……」

指先が、なだらかなスロープに接触した。デルタの、ずっと下の部分だと思う。が、われめのところかどうかは、何ともわからない。毛が生えてるあたりかもしれない。

「……ん……」

と、瞳が鼻息みたいなものを漏らしたので、どうしたのかと見ると、大きな目はとろーんと半眼になり、ほとんど虚脱状態のように見えながら、トレーナーの肩には力が入っていて、胸は持ち上がり、緊張しきっているふうですごく辛そうだ。

人妻がそんな状態なのだから、こりゃ自分が一方的に下手というわけでもないと、高矢は思った。コト、性的なプレーが始まってしまえば、しょせん男と女、年の差とか経験なんて、そんなもん、問題じゃないいんじゃないか、と肝っ玉が大きくなった。

それで高矢は、果敢に攻めに出たわけだ。

「このへんですか？　ぶつけたの」

指先をぐいと押してみた。

「あ……」

ぷよっと凹む感じがあって、人さし指と中指の半分が、スカートに埋もれた。

指先はもう、デルタに触ってるのだと思う。だが、パンティとかパンストとか、何枚もの布地を隔ててなので、瞳が接触感を覚えてるのかどうか、はたまた自分の指も、どの程度触ってるものやら、まるで判断がつかない。

しかし、瞳がうっとりした表情で喘ぎ声みたいなものを漏らしたところを見ると、急所には届いているはずだった。

「このへんですか？　春野さん、ぶつけたの」

手のひらを返し、撫で上げる手つきをした。

恥丘のスロープが、はっきりとわかった。まるっこい出っ張りがあって、そこから急に落ち込んでいる。その、落ち込んですぐのところに、指先を押し当てた。

「あっ！……高矢君、ちょっと……」

だらんと垂らしていた両手を寄せ、瞳が高矢の手をつかんだ。

「違うんですか？　ここじゃ、ないんですか？」

そう言ってるつもりだが、声なんかかすれてしまっていて、出ない。息づかいとテレパシーで話してるみたいだ。

「ちょっと……違うの……だいたい……そこ……だけど」

「だいたいこのへんっていうと、じゃ、このあたりですか？」

スロープが落ち込んでいるところのだいぶ下あたりに指をずらし、押してみた。

ぷよ、と肉が動く感じがした。

「あっ、そこっ！　そこじゃ……ないの。違うの」

瞳が手首を、きつく握った。

ぽってりした手のひらはじっとり汗ばんでいて、まるで手首のペニスを、瞳の性器の粘膜が包み込んでる感触。

「ここじゃないけど、だいたい、ここなんでしょ？」

オナニー妻が陶酔の表情を浮かべてるので、攻めるのは今だと思い、高矢はそこを円くさすってみた。

「だいたいったって……あ、あ……高矢君」

瞳がやるせなげに、形よく描いたルージュの唇をゆるく開け、左手を高矢の右肩にのせてきた。

「そんな変な触り方しないで、痛くしたとこ、ちゃんと見てみて」

それが誘いなのか拒否なのか、高矢にはわからなかったが、高矢は瞳の言葉に従い、そこに膝立ちになった。

6

女王様にかしずくように、明るいブラウンの、膝上十五センチのスカートの両腿に手を当て、高矢は瞳を仰ぎ見た。

スカートを下ろして秘部を見ようという欲求は、起こらない。今は、そうじゃなく、スカートを押し上げて、なかを覗くようにして、秘密のゾーンを目にしたい、と思っている。内側から攻めるみたいな、そんな変態っぽい行為を許してくれるだろうかと、瞳の顔色を窺う。

瞳が、うっとりした目つきで、高矢のことを見下ろしている。何でも許してくれそうな、慈悲深い菩薩様のような視線。

両手を、すっ、すっと、上にずらした。

スカートが、手と一緒について上がる。

瞳は、何も言わない。相変わらず慈悲深い目で、見下ろしている。

もう少し上に高矢は手をずらした。柔らかい布地のスカートが、手と一緒に上がってくる。肌を透かし見せたパープルのパンストがむっちりと色っぽく張った、腿の中間部。

手を、さらに上に這わす。スカートの上ずりが遅れがちになって、高矢は裾を親指に掛け、紫色の太腿をあばきつづけた。

瞳は黙って突っ立っている。股の開き加減は、ごくごく自然体。だから高矢の手が腿の半分を過ぎた時、一番肉づきのよい内腿が、やっと手のひら一枚分の隙間を作っているだけ。

瞳の恥部は、膝立ちになってる高矢の目より下にある。人妻のそこを下から見てみたいと思い、高矢は中途半端な正座になって、顔をそこに近づけた。

ほわあ〜んと、ソフトな刺激の匂いが、顔面を包み込んだ。さっきの、あの指の匂いの発生源だ。触って時間が経ってる指先とは違う、そのものズバリの生の匂い。

内腿の、一番肉づきのよい部分を過ぎ、パンストに包まれた、てぷーっと柔らかそうな感じの鼠蹊部。その間に、パンティ。白ではない。ピンク系統の色。

細い帯状のパンティがすっかり見えるまで、スカートを上げた。

広い骨盤に引っ張られて細くなってるパンティは、もっこり膨らんで毛の生えてる部分だけを隠してるみたいだ。

そのままじっと見ていることなど、できなかった。といって、あっさりとすべてをあばいてしまうには、あまりにもったいない気がした。一度、そういうことをしてみたい、という、秘めた欲求とでもいうものもあった。

高矢は、左右の腿の上方、骨盤の下部に当てた両手を、スカートが落ちないようにして外側に移し、紫色のパンストとピンクっぽい色のパンティに覆われた女の恥丘の膨らみに、顔を押しつけた。

顔面全体が、女の匂いを吸収した。

匂いだけじゃない。まだ見てはいない毛と、女の亀裂と、粘膜と、その他ありとあらゆる襞々が、顔面から脳髄に染み込んでくるような、めくるめく恍惚感。

「ね、高矢君……そんなこと、してちゃ……わかんないでしょお?」

瞳が内腿をひくひくさせ、頭を撫でてきた。

「ねえー、高矢君ー、そんな、顔……こすりつけてたりしてちゃあ、あたしが痛くしたとこ、見られないじゃないのお」

「見る。見ます。見せてください。春野さんの……とこ」

体ごと宙に浮いたようになって、高矢は顔を離し、パンストを引き下ろそうとした。

が、それが、なかなかできない。手を体のずっと上のほうに差し込み、パンストのゴムを探るまではできるのだが、パンストなんてしょっちゅう身に着けてるくせして、人のを脱がすのはしたことがないので、うまく引っ張り下ろせない。自分の体と比べて、瞳の体は、骨盤が張ってて、ヒップもももこっと出っ張っているので、勝手がまるで違うというのもある。もそもそやってるうちにスカートが落ちてきて、それも上げながらだから大変だ。

「あ、あの、瞳さん、これ、持っててください」

仕方なく、高矢はそう言った。

「えー？　あたしが自分で持ってんの？」

と、スカートを両手でたくし上げて持って、瞳がすごく明るい、というか、嬉しそうな顔をしている。

「え？　は？　どうしたんですか？」

高矢は目で、そのわけを訊いた。

「なんかくすぐったい感じ。高矢君にそう言われると」

「そうって？　スカート、持っててとか？」

「ううん。高矢君、言ったじゃない。今、あたしのこと、瞳さんって」

「え？　は？　そうスか？　言いました？　いやー、わからなかったです」

実際、高矢は意識してそう言ったわけではなかった。むしろ、意識していなかったのだ。だから、「瞳さん」なんて言ってしまったのだ。なぜといって、面と向かって言ったことはないが、いつも口にしている言葉だからだ。

しかし、いつもひそかに口にしてることを実際に使ってみると、二人の間のパイプというか、コミュニケーションとでもいうものが一気に通じ合ったような感じがして、〝親しみ〟の度合いが格段に増した。

手の動きがスムーズになった。まるで自分が脱ぐように、ヒップを剝き、骨盤を剝き、手前からするすると膝のところまで、パンストを脱がした。

むわあ～っと、熟した女の性臭が漂い出た。

「じゃ、パンティも、いいスか？」

と言おうとして、高矢は瞳を仰ぎ見たが、声にはならなかった。心に余裕ができ、落ち着いてるつもりになっていたが、まだまだのようだ。

しかし、脱がすことは、できた。

何のことはない細い帯のような布きれ一枚だ。ところが、全部脱がすことはできなかった。

ローズカラーの薄いパンティがずり下がり、もしゃもしゃからまり合って生えてる茂みを見せた時、蟻の戸渡りのところで異常が発生した。

カーッと、火のついたように熱を持ち、亀頭がピクピクして、ねばい体液が、とろりと溢れ出たのだ。

それまで、立ってることすら頭にはなかった。寝耳に水、のような現象だった。自分のことも心配しなくてはならないが、脱がしはじめた手を止めることもできない。

それで高矢は、ズボンのなかのことを半分考えながら、パンティをずり下ろした。出っ張っているデルタにもしゃもしゃの恥毛が濃くなって、たぶんそこはもうわれめが始まってるはずだが、われめも、クリトリスというのも見えない。

パンティを下ろしつづけて——といってもそれは、ごくごくわずかな動きで、スローモーだった——淫毛が乏しくなり、二重三重に入り組んだ濃いピンクの襞が見えた時、蟻の戸渡りが速射砲みたいに火を噴いて、亀頭からのとろとろが量を増した。

ヤバイ、とは思った。が、思ったところで、どうしようもない。

「あ、あの……瞳さん、ぶつけたとこって……」

死んでも射精はこらえなければならない。だがいったい、そんなこと可能だろうか？　瞳に言ってることより、そっちのほうが重大だった。

「ここ……このへん」

といって瞳が、スカートをたくし上げていた一方の左手で、細長い茂みの左上、デルタのなだらかなスロープのてっぺんあたりをさすった。

「あ、そこ」

それを高矢は、胸の内で言った。意識はもう完全に、下半身にあった。

「ここぉ。ちょっと触ってみて？」

瞳が高矢の右手を取り、そこに触らせた。

親指と、人さし指と、中指の先に、劣情をそそる縮れ毛の感触を覚えた時、肉茎が烈しく躍り、かつてないようなリアクションを伴った射撃を始めていた。

第五章　あたしの下着、穿いてくれない？

1

午後十一時四十五分過ぎ、高矢は家人が寝静まるのを待ち、マリンブルーのジャージを着て外に出た。

十一時過ぎには家の者はみんな寝ているはずだから、二十分か三十分頃には行くと、瞳には言ってあった。

それが、姉の千草が、十一時になっても起きている気配があり、静かになったのは二十分頃。それから二十分待って、そろりそろりと出てきた。

予定よりだいぶ遅れてしまったから、瞳は首を長くしているに違いない。もうアソコ、濡らしてるだろうか？

「高矢君、ね、あなた、女の下着とか、興味あるの？」

と瞳が言ったのは、しゃりしゃりしたヘアに触らせられ、あっけなく高矢がほとばしらせてすぐのことだった。

中途半端な正座の格好で、ブリーフにおびただしく発射させてしまった高矢は、それを瞳に気取られるのではないかとヒヤヒヤしていたが、気づいているのかいないのか、瞳はそのことには何も触れなかった。

が、茂みに触らせている指は、きつく握って放そうとしない。

といって、茂みに触らせてるだけで、それ以上のことをさせようというのでもないようなのだ。

まさか、自転車のタイヤが当たったのはヘアだけじゃないはずだと思いながら、ブリーフのなかでペニスが精液まみれになってる高矢は、自分からどうこうしようというつもりにもならないで、黙っていた。

その時だ。瞳がいきなりそう言ったのだった。高矢君、女の下着とか、興味ある？

ガアンと一発、脳天を殴られたような気がした。ペニスと蟻の戸渡りの律動も収まってはいなかったから、脳天とペニス、会陰とが、ズキンズキン、脈を打ってる感じだった。

瞳にそれを言われて、高矢は、目の真ん前を見た。

ローズカラーのパンティは、まだ下ろしきっていない。黒々と生え茂った恥毛があらかた終わったあたりで、下げるのは中断している。

それに、興味がない自分ではない。いや、人一倍、興味は持っている。

が、今、それどころではなく射精してしまったのは、女の生の恥部というのが初めてだったからだ。

ザーメンにまみれたペニスがまだピクピクしてるのもなかば忘れ、高矢は答えた。

「あります……ぼく」

本当は、あります。じゃなく、あるんです、と言いたかったが、さすがにそこまで強調することはできなかった。

「これとね？　こっちとね？　高矢君、どっち、好き？」

瞳が高矢の右手に茂みの地肌を触らせ、一方で左手を取って、茂みの下でたわわになってるパンティにも触らせた。

その両方の柔らかかったこと！

「どっちって言われても……」

射精したばかりの肉茎が、射精なんて一週間もしてないとでもいうように硬直した。

「どっちかって言われても、どっちとも答えられない？」

「はい……」

両方の感触に歓びおののきながら、高矢は幼稚園の子みたいに素直に答えた。

「女の下着は、好きなの？」

「はい、好きです。ハッキシ言って」

「そういえば高矢君のお姉さん、Ｍデパートの婦人ランジェリーの売場にいるのよね」

「はいー。瞳さん、行ったこと、あるんですか？」

「ん。何回かね。ちょくちょくってほどじゃないけど」

そして瞳はちょっと間を置き、言った。

「高矢君のお姉さん、高矢君が女の下着、好きだからって、わざわざ新しいの、買ってきてくれたり、するの？」

「しません。何でですかあ?」

話が、予想外のほうに発展しそうな雲行き。

「そ。じゃ、お姉さん、千草ちゃんて言ったかしら? 自分が穿いてた下着とか脱いで、すぐ、高矢君にくれたり、する?」

「えー? しませんよお。何でですかあ?」

またまた〝逮捕〟されそうになってる自分を、感じた。

「あ、そ。ね、高矢君、あたしちょっと、訊きたいことあるんだけど、高矢君としては、デパートで売ってるものと、だれかが穿いてて脱いだばっかしのものと、どっちがいい?」

「そりゃ……あとのほうが、ずっといいです。普通は、そうじゃないですか?」

顔がパアーッとバラ色に染まるのが、自分自身、見えるようだ。

「んー。かもね。わかるわ? じゃ……」

瞳は言葉を切り、小さな子を諭すような言い方で言った。

「洗濯して乾してあるのと、脱いだばっかしっていうのは?」

ああ、もう駄目だと、高矢は思った。瞳はそっちのほうに話を持っていこうとしてる。

やはり瞳は、知っていたのだ。知っていて、そのことで話をつけようと、自分のことを部屋に誘ったのだ……。

「ねえ、高矢君なら、どっち選ぶ？　洗濯してあるほう？　それとも、脱いだばっかしの、ほかほかのほう？」

「あとの……ほうです。やっぱ……」

なるようになれと、思った。どう転んでも、ヘアに触らせてもらったし、外側のほうだけど、性器の肉にも触らせてもらったし、瞳さんの体にタッチして射精したし、もう会えないことになっても、思い残すことはない。さっきの感激を、これからずっと、大人になっても忘れないようにして……。

「じゃ、訊くけど、脱いだばっかしのと、穿いてるのとでは？」

「……」

両手をつかんで立ってる瞳を、高矢は見上げた。

今自分が左手で触らせられているぬくぬくのパンティを、ひょっとして瞳は、好きなように触らせてくれるとでも言うのだろうか。

その可能性がなきにしもあらずだったので、高矢は答えて言った。

「穿いてるのも、いいです。やっぱ」

「そう？　穿いてるのっていうと、今、高矢君が触ってるものよ？」

「はいー。知ってます」

「だけど恥ずかしいわ。だって、さっきいろいろとあったから、たぶん汚れてるもん。た、ぶ、ん、だけど」

汚れたパンティ！　それも、瞳が穿いたままの！

「はっ……恥ずかしいって……どっ、どしてですか？」

「だって、汚れてるんだもん。汚れて、ないかしらね」

「あの、ぼく……見て、調べますか？」

「そおー？　見てくれるう？」

「はい、ダイジョブです。ぼく、見てあげます」

驚きモモの木で、瞳が〝許可〟してくれたので、高矢はつかまれてる両手を振りほどき、ゴムに茂みがポヨポヨかぶさってるパンティに指を掛けて、引っ張った。

パンティの、底の部分が見えた。

濡れていた。ローズカラーの底の真ん中に、細長い染みができていた。

「瞳さん、べつに、汚れてなんか、いませんよ」

そこに目を釘づけにしたまま、高矢は声を震わせ、言った。

「ウソ。高矢君たら、ウソ、言ってる。汚れてる、はずだもん」

「汚れてなんか、いませんよお。ちょっと、濡れてますけどお。ほんのちょびっとだけ」

「濡れてるってことは、汚れてるってことでしょお?」

「違いますよお。濡れてるのと、汚れてるのとは、違います。それに、瞳さんの場合……汚れる、なんてこと、ゼッタイ、ないですよお」

自説を主張して瞳を見上げると、瞳が潤んだ目をして、高矢のことを見下ろしている。

「高矢君、もっと、顔、近づけて……あたしの匂い、嗅いでみて」

瞳がそんなことを言ってきたので、高矢は歓びに死にそうになって、背を丸め、そこに鼻を近づけた。が、思うように匂いを嗅ぐことはできなかった。高矢が淫毛に鼻先を接触させたかどうかのあたりで、瞳が思いきり高矢の頭を抱き締め、ぎゅうとばかり、恥骨に押しつけたからだ。

鼻先が、少しだけ湿った粘膜にぬめり、上唇が、もっとねばい粘膜にこすりつけられたと思ったら、たったそれだけで、瞳は高矢の顔を押し離してしまった。

「駄目。今は、駄目なの」

茂みを見せていたパンティを上げ、瞳が言った。

「まだね、あたし、しなくちゃならないこと、あるし……あとでなら、いいけど……」

白いトレーナーの胸の盛り上がりを突き出し、悩ましく見下ろして瞳が言ったのは、こういうことだった。

今日、夫はいったん帰ってくるが、用事があってそのあと外出し、明け方にならなくちゃ帰ってこない。だから、時間はいくらでもある。

もし、高矢がよければだが、夜中、高矢の家の人たちが寝てから、こっそり出てこないか。十一時でも、十二時でも、一時でも、何時でもいい。その時、思う存分、したいことをさせてあげる。自分はお風呂に入るが、もし高矢が望むのだったら、今穿いてるショーツ、お風呂から上がって、また穿いてもいい。

また、これももしだが、もしお望みとあれば、濡れて汚れているこのショーツ、あげてもいい。洗濯したものよりいいと思う。たぶん……。

高矢は黙ってうなずいた。

高矢が瞳の下着を失敬し、オナニーの道具に使い、汚したままこっそり返してることを、瞳が知ってることはもはや疑うべくもなかったが、瞳はそのことに触れようともしない。

それは人妻春野瞳の、自分への愛情じゃないかと、高矢は胸をときめかせた。

「でも、一つだけ、条件、あるんだけど」

はい、どんなことでもどうぞ、ぼくはどんな条件でも喜んでのんじゃいますから、という高矢に瞳が突きつけてきたその条件とは、こうだった。

自分もそうするから、高矢も、今穿いてるパンツ、そのまま穿いてくること。

風呂には入っていいのかと訊くと、それはかまわないと言うので、高矢はホッとした。というのも、ザーメンで汚れたパンツとペニスで食卓に着いたりしたら、姉にも母にも、バレちゃうかもしれないからだ。

帰ってすぐシャワーを浴びて、パンツはとりあえず穿き替え、出がけにまた、今穿いてるのを穿いてこようと、高矢は思った。

2

「待って、今開けるわ」

チャイムを押すと、ドアの向こうで秘めやかな瞳の声があり、ロックが外される音。

ドアが細く開かれ、高矢は体を斜めにして滑り込んだ。

玄関に入っただけで、早くも高矢は艶めかしい匂いにうっとりとなった。

瞳が体につけている香水の香りだった。花みたいに甘い香りで、どことなく女のアソコの匂いを連想させる。

「平気だった？　おうちの人に、見つからなかった？」

探るように高矢の顔を見、瞳が言った。

瞳は濃い桃色の、温かそうなガウンを着ている。なかに着ているのは、朱色のパジャマ。ガウンから、パジャマの丸首の襟と、桜貝みたいなボタンが一つ、見えている。

「大丈夫。だったと、思うけどね。たぶん」

くだけた口調で、高矢は言ってみた。これがすんなりOKなら、あとはいろいろスムーズに行くだろう。言葉づかいであれこれ気にしてちゃ、愉しみも半減するように思う。

「たぶん？　たぶんじゃ、イヤ」

なんて、年下の恋人みたいな甘えた口のきき方をして、瞳が左手をジャージの肩に添えてきた。それで、ＯＫが確定した。

「ん。たぶんじゃない。絶対、大丈夫。まかしといて」

「わかった。ぜーんぶ、高矢君にまかせちゃう」

両手を高矢の肩に掛け、瞳が形のよいルージュの唇を突きつけてきた。

キスして、と言っている。人妻のあたしに、口づけして、と。

「瞳さん……」

年下とはいえ、自分は男、それに瞳より、ずっと背も高い。だから、口づけ一つでも自分は瞳のことをリードしなくちゃならない、とは思うものの、いざ、となると、なにしろ初めての体験、ブルってしまって、あと数ミリのところで、接触が果たせない。

が、そこはやはり、人妻である瞳が、簡単にフォローしてくれた。

肩の両手を後ろに回して高矢の首を抱き、接近と引きつけを半々にして、唇を合わせてきた。

ジーンと痺れた。重なってる唇も痺れてるなら、額の真ん中も大脳もジンジン痺れ、その痺れ感は脊髄を伝い下りて、腰のところから内臓に入り、膀胱とペニスの根元のあたりをもけだるくマヒさせてる。

その痺れ感に追い打ちをかけるものがあった。

胸の接触だった。高矢の首に手を回して胸をせり出している瞳が、右に左にこすりつけるようにして、二つの肉の盛り上がりを強調したのだ。

〈あっ、たまんね……〉

胸の肉のかたまりが、甘美な性感を下腹部に伝え、高矢のモノはまたたくまに充血し、太さと硬度を増した。

それに、さらに瞳がしてきた。

高矢は口づけそれ自体、初体験なのに、瞳は舌を入れてこようとしたのだ。

最初は、唇が動いた。ふわ、ふわ、ふわと、何かものを言うみたいに動いたので、高矢君、好きよ、とか何とか、瞳が言うのかと思ったら、唇が上と下に分かれた感じがあり、そしてチロリと、舌が顔を覗かしたのだ。

〈あっ、ディープキス……〉

瞳がそれをしようとしてることは、わかった。が、どういうふうにするものか、さっぱりわからない。瞳の舌を迎え入れるのか、こっちから差し込んでいくのか、はたまた二人とも出して、からめ合うのか。

どうしたものかわからないながら高矢が唇をゆるめると、瞳の舌はそのまま伸びて、ナメクジか貝の舌みたいに、ぬめぬめと侵入してきた。

入ってきたのだから、こっちとしては吸ってやるのだろうと思った。

とは思っても、それが思うようにできないのだ。吸うためには、唇をすぼめて瞳の舌をすすり込むようにしなくちゃならないが、舌こそ動かせるものの、唇は痺れてしまって感覚がなく、へたにゆるめたりしたら涎が垂れてしまいそうで、駄目だ。

しかし、だからといって、瞳がじれているとか、そんなことは、まったくないようだった。こっちの舌が何とか動いて応えるだけで、瞳が十分満足してるらしいことが、瞳の体全体から、何となく伝わってくる。

十秒ぐらい密着させていてから、瞳は舌を引き抜き、そして口づけも終わりにした。

「あっち……行きましょ？　あたしたち、二人だけなんだから」

首の両手を腰に滑り下ろし、瞳が言った。「二人だけ」というのは、何もこんな、玄関を入ったところで、という意味だろう。

寝室に使われているはずの部屋か、それとも入ってすぐ左の部屋か、と思っていると、瞳はそのどっちにも高矢を連れていかず、夕方、恥毛に触らせてくれ、ブリーフのなかでとろける射精をさせてくれた、リビングルームに連れていく。

部屋には、サークル螢光灯五個の電気が煌々《こうこう》と点いていて、例の白いカバーが掛かったベージュのソファーに、なぜかパンストとかブラジャーとかがのせてある。

「まず、座って。ね、高矢君、ちゃんと約束、守ってきた？」

ソファーに浅く腰掛けさせ、高矢の前にしゃがんで、瞳が言った。約束というのはもちろん、パンツのことだ。

「そりゃ、守ってきたに決まってるじゃん。瞳さんとの約束だもん」

「え～？　高矢君て、そんな嬉しいこと、言ってくれるんだ」

瞳が、まるっこいほっぺたをほんのり赤らめ、黒い瞳をキラキラさせて、高矢のジャージに手を掛けてきた。

「見て……いい？」

「瞳さんも……見せてくれたから」

高矢がそう言うと、瞳は膝のところに頭を近づけてジャージを下ろした。

深夜、夫の留守に高校生を引き込み、不倫をしようという人妻だ、さすがにいくらかは、あせってるようだった。

瞳は、ジャージのズボンを引っ張ってはいるが、尻のほうが引っ掛かっている。ところが、尻のほうに手を回して脱がそうとはせず、強引に引っ張って脱がそうとするのだ。それで高矢は腰を浮かし、手を貸してやった。自分がそうすることで、いくぶん、落ち着きを得た。

だが、それも束の間だった。ジャージのズボンがするすると足首まで下ろされると、とたんに落ち着きを失ってしまった。

というのは、夕方ここで射精してそのままの、白の汚れたブリーフの合わせ目が、ちゃんと合わさっていなかったからだ。

ギンギンに立ってる肉の棒が、左側の一枚だけを持ち上げているのだ。それで打合せが開いていて、そこから、亀頭が布地を突っ張らせてるのが、見えてるのだ。

立っているのを見られても、そんなの、恥ずかしくはないし、むしろ、誇らしくさえある。が、こんなのは、みっともないと思った。隆々と勃起してるのとは、別の話だ。

「いや～ん、高矢君たら、やだー」

瞳がそこを見てそう言ったものだから、自分が気にしてることを言ったのだと思い、高矢は真っ赤になった。

ところが、瞳が指摘したのは、もっと恥ずかしいことだった。

「ほらあー、高矢君たら、カメちゃんに、こんなの、つけてるう」

開いてる打合せに左手の親指と人さし指を差し込み、瞳が何かつまみ取った。

それは一本の陰毛だった。それも、かなり長くて、色も黒くて、太くて、スペルマみたいにくねってる毛だった。

「あっれー？　いつ、抜けたのかなーっ。もしかしてそれ、瞳さんのじゃないの？」

照れ隠しに高矢がそう言うと、瞳がそれを鼻の前で立て、逆襲した。

「ウソよ。あたしの、こんなに長くないもん。高矢君のよ」

3

瞳が、つまんだ陰毛を唇でこそぐようにしゃぶり、口のなかで味わってる。

「んー。高矢君のお毛々、アレの匂い、染みついてる」

「え？　あれって？」

　恥ずかしくて、穴があったら入りたい気分だ。

「男の子が、気持ちよくなって、ピッピッて出すもの」

「だって……瞳さんが、パンツ、おんなじの穿いてこいって言うんだもん。瞳さんもさっきとおんなじの、穿いてる？」

　瞳が、高矢の質問には答えず、しゃぶった陰毛を右手に持ち替え、またブリーフの打合せから、左の指を入れてきた。

　二本の指が、いや、三本の指が、茎のずっと上のほうをつまんだ。

〈あっ！……〉

　ビリビリと、快感の電気が走った。初めての女の指だった。

「べとべとしてる。お風呂、入ってこなかったの？」

「ううん、入ってきたんだけど……」

「すごいのね。やっぱり高校生だわ。ここ全体から、性のホルモンがほとばしってる感じ」

　その全体を三本指がすりすりと撫でた。

〈あっ、気持ちいい……〉

感激だった。指の感触が、自分のとまるで違う。柔らかくてしなやかで、しっとりウエット。

「射精したから、お毛々、精液の匂い、してんのね？」

「……パンツのなかに射精しちゃったから」

そのことを認め、えげつなく言って、高矢は鳥肌立つほどの愉悦を覚えた。

「さっき？　ここで？　いっちゃったの？」

「そ……瞳さんの、オ××コの毛、触らせられて……」

そっとさすられてる肉茎が、痛いくらい硬直していく。

「お毛々だけじゃなく、あたしのに……高矢君、触ったでしょ？」

瞳が、右手でブリーフの上からやんわり手を添え、顔を近づけてきた。ブリーフの匂いを嗅いでるのだ。

「いや……ほとんど、触らなかった。触ろうとしたけど、触れなかった」

「ウソ。こういうようなこと、したじゃない」

瞳が直接と間接と、両方の指で、硬直を揉み込んだ。

「あっ……瞳さん……」

夕方の射精から六時間、いや七時間後の今、またこのままブリーフのなかで爆発してしまいそうだ。ソファーに浅く腰掛けてる腰が、あまりの気持ちよさに、せり出していく。

「女の人と、どれぐらい、あるの？」

「……」

童貞を告白するのはちょっと恥ずかしい思いもしたが、瞳はそのほうが喜ぶんじゃないかと思って、高矢は首を横に振った。

「ウソ。だけど、手とかで、気持ちいいことしてもらったりってことは、あるんでしょ？」

「……」

高矢は瞳の指の感触を味わいながら、首を横に振った。

「そしたらもちろん、口とかでしてもらったことも、ないわけ？」

「……」

当然高矢は、首を縦に振った。

「だけどこうやってやることは、してるんでしょ？」

「……」

それには、ＹＥＳもＮＯも答えられない。

「してるわよね？　毎日じゃなくても、一週間に四、五回はね？　こういうこと。もっとしてる？」

直接触ってる左手が、速い動きで上下した。

「あっ、瞳さん！……ちょっ、ちょっ……」

それ以上されると辛抱できそうもなくて、高矢は瞳の手に、手を重ねた。

「これ、脱いじゃったほうがいいかしら？　でしょ？」

瞳が手の上下運動をやめてそう言ったので、高矢はホッとして、重ねた手を離した。

ブリーフが下ろされる。陰毛がゴムに撫でつけられ、艶々してる。そのゴムが、黄土色のペニスに掛かって浮き、朱色の花みたいな亀頭が、くるりと剥かれた。

瞳が高矢を見上げ、ニッと笑った。

「すごいのね、高矢君のって。ね、全部脱がしちゃうから」

高矢が腰を浮かすと、瞳はブリーフを腿の途中まで下ろし、前の部分をひっくり返した。

そこは七時間前の射精で、ごわごわになってる。ザーメンの匂いが、ぷーんと立ち昇った。高矢でも、そうだ。顔を近づけてる瞳は、むせ返るほどだろう。それとも女は、男とは受け取り方が違うだろうか。

股を開かせ、瞳がブリーフのその部分を両手で包むように持った。

「ずっしり染みてるわ？　まだ生乾きって感じ。ほら、ほら」

そして高矢を見上げると、意味不明のことを言った。

「いつもは、穿くとかこするとかするだけで、直接出すってことは、しないの？」

「何が？　どういう、意味？」

「射精する時は、ティッシュとかに、出すわけ？」

それはまあそうだが、質問の真意が別のところにありそうなので、高矢はあいまいにうなずいた。

「あたしも、高矢君の、使って、いい？」

瞳がそう言ったのでようやく、高矢は意味がわかった。

瞳は、高矢が瞳の下着を使ってオナニーしてることを言ってるわけだった。そして自分も、高矢のパンツを使ってしていいかと、そう言ってるわけなのだった。

ここで、まさしくこのソファーで、瞳が全裸でオナニーをしていたあの朝のことを、高矢は思い出した。

瞳は、このソファーの背に跨がって、女上位でセックスしてるみたいな格好でしたり、ソファーに仰向けになってしたりしてたのだ。

そういえば瞳は、指をつかうだけじゃなく、パンストを股に挟んで性器をこするみたいなこともしていた。

そのことを思い出し、高矢は柔らかい指でペッティングされるよりも昂奮し、感じてしまった。あの淫景をもう一度、今度は目の前でしてくれたら……。

「ひ……瞳さんもオナニー、するんですか?」

「ええっオナニー? すると、思ってる?」

「お……思います。好きですか? 瞳さん。オナニー」

問答だけで、射出させそうにエキサイトしてる。

「嫌いと言えば、ウソになるわね。でも、あたしの場合は、普通とはちょっと事情が違う、って感じかも。普通って、よその奥さんたちとは、ってことだけど」

どういうことかと訊くと、瞳はなんと、思いもよらぬ驚くべきことを話してくれた。このことは、あたしたちの両親もだれも知らないことだけど、高矢君とは仲よしになったから、特別、と言って、瞳は告白したのだ。

4

瞳たちが結婚したのは一年半前のことだが、実はそれは、両方の親と世間体のための結婚で、籍もちゃんと入れてあるが、あくまでもそれは世間の目を欺《あざむ》くためのものだという。

瞳の話に高矢がチンプンカンプンでいると、瞳がソファーにのっかっていたパンストとブラジャー、それにスリップを取り上げ、左隣に腰を下ろしてきた。

「実はあたしたち、二人とも、同性愛者なの」

「どっ、同性……？」

瞳の口から夢にも思わぬ言葉が飛び出してきて、高矢はポカンとしてしまった。

「そ。あたしたち、以前から知り合いではあったんだけどね。まあ、仲のよい友達、ってとこだったのよね。当然、肉体関係なんて、なかったわ。結婚してからは、おアソビで一月に一回ぐらい、愉しんでみることはあるけど」

そう言って瞳が、高矢のものに手を伸ばしてきた。

「あの人、今も恋人のとこに行ってるの、男のよ。そうね、週に三日は、向こうに泊まってるわね」

春野幹夫《みきお》。あの長身の、彫りの深い顔立ちの男が、今、どこかで、男の恋人と愛を確かめ合って……。

そう思っても、たいした違和感を覚えない。たぶん彼が二枚目だからだろう。どことなく洗練された、都会的なスマートさを感じさせる男。ゲイと言われても、ああ、あの男なら、と納得のいくものがある。

「あたしにもずっと、恋人がいたんだけど、そのコの親に無理矢理引き離されちゃって……。いいコだったんだけどね」

濃い桃色のガウンの体を高矢にもたせかけてきて、瞳が悲しそうな顔をした。高矢に初めて見せる表情だった。

「そのコは、男の人とちゃんとした結婚をして……させられてっていうのかな、で、今、台湾に住んでるの。ま、彼女の親の仕組んだことなんだけど」

瞳の指が、そそり立ってるものをやんわり握った。

思いがけず瞳が湿った話をしてきたので、肉棒もやや張りを失っている。萎えてる、というほどではないが。

「それでね、恋人がいなくなっちゃったんで、あたし、彼女のこと思い出しながら、オナニー、してんのよ」

あ、それでソファーが彼女がわりだったのかと、高矢は合点がいった。ソファーの背に跨がって瞳が腰を動かしてる淫らな光景を思い出し、高矢のものは柔らかい指のなかで、また勢いを取り戻した。

「あたしたちね、全裸になって抱き合うの、もちろんそれがレズの一般的な愛の形で嫌いじゃなかったけど、それより二人ともパンスト穿いて抱き合うの、すごく好きだったの。パンストって、独特の感触、あるでしょ？」

高矢は何とも答えられなかった。自分が女の下着に興味があることは、瞳は先刻ご承知だが、女装趣味があるということは言っていない。へたに相槌を打ったりすると、その秘密を知られてしまう。それに、瞳の下着を盗んだ最初の時、汚したパンストだけ返さなかった。瞳は知ってて、下着ドロボウのことには触れてこないが、どんなことがきっかけで話がそっちに向かうかわからない。

「あたしは大好きなの、この感触。高矢君は、嫌い？」

手にしたパンストを瞳が膝の上で広げてみせた。

下着一揃いかと思っていたら、そうではなかった。ピンクの短めのスリップと、ピーチのパステルカラーのブラジャーは一枚ずつだが、なぜかパンストは二足ある。一足はブラックで、もう一足は濃いめのパープルだ。夕方穿いてたやつかもしれない。

そのパープルのほうを、瞳は高矢の手にかぶせてきた。

「パンストって、なよなよしてて、すっごい女っぽいって、思わない？　下着マニアの高矢君としては、どうかしら？」

「う……うん、すごく……」

自分の部屋のタンスにしまってある、瞳のダークブラウンのパンストのことを思い出しながら、高矢はそつなく、瞳の言葉を繰り返した。

「約束どおり、あたしが今穿いてるショーツ、夕方の、あの時のよ、高矢君にあげるけど、一つ、聞いてくれる？」

そのかわり、高矢君がザーメンで汚したパンツ、あたしにちょうだい、と言うのだろうと思い、高矢はうなずいた。

が、またしても瞳が言ってきたのは、高矢の頭にはないことだった。

「このパンスト、穿いてくれない？」

瞳は、そう言ったのだ。それを使ってオナニーをするとかいうことじゃなく、それを身に着けてくれないかと、そう言うのだ。

それはまさに願ったり叶ったりではあったが、瞳が何を考えているのかわからない。それで返事を飲み込み、高矢は瞳の大きい瞳を見つめた。

「あたし、このソファー、昔のレズの恋人のつもりして、抱き合ってオナニーしてるんだけどね、もし高矢君がパンスト穿いてくれたらって思ってたの。ずっと」

「ずっと……って？」

「ずっとまえから。あたしが高矢君のこと、ちょくちょく見かけるようになってから」

それはちょうど、高矢が瞳のことを思うようになったのと、時期が同じだろう。瞳がこのハイツに越してきてじき、つまり、三カ月ばかり前のことだ。

「あたしは、レズの女だったんだけど、最近ちょっと変わってきたみたいなの」

「……どんなふうに？」

自分と大いに関係ありそうなので、高矢は身を乗り出すようにして訊いた。もともと体が接触してたので、高矢が左腕で瞳の右胸を押す格好になった。

「あん……」

ガウンの右の乳房を押された瞳が、甘い吐息を漏らした。

瞳の言ったのは、こういうことだった。

今までは世間体のための夫が〝恋人〟のところに行っていて、彼らが抱き合ってるシーンを想像しても、別にどうということもなかったのだが、最近、高矢のことを知ってからは、男にもちょっぴり興味を持つようになった。

といって、筋骨隆々、オレ様が男だ、みたいなのにはまったく興味がなく、高矢のような、繊細で上品さが漂う男のコがいいのだ。

しかし、やはり自分はレズなので、男としての高矢と、普通のセックスをしたいとは思わない。

もし高矢が、自分の要求をのんで、自分の下着を身に着けてくれたら、男のコを相手にしていながら、同時にレズもしてるみたいなことになって、すごくエロチック、自分としてはこの上もなくエキサイトしちゃうと思う……。

「ね、どう？　そしたらあたし、高矢君のこの精液の染み込んだの、すごくおいしくしゃぶれるって思うの。変？　あたしって、変態？」

「いや、変態じゃ……ない。瞳さん、変態なんかじゃ、ないよ」

手にかぶせられたパープルのパンストを、高矢は鼻にあてがって息を吸った。

ほのかに、夕方の時のショーツの十分の一くらいの淫臭がした。

5

高矢は素っ裸になって瞳からパンストを受け取り、ソファーに腰を下ろしてかがんで穿きはじめた。

左足をふくらはぎまで穿き、それから右足を穿きはじめるのを、瞳は高矢の左前に立って見下ろしている。

「うまいじゃない、高矢君、パンスト穿くの。なんかすごく、慣れてるって感じ」

「あ、そう？　ぼくだって、靴下ぐらい穿きますよ」

「靴下ったって、ソックスとパンストとじゃ、違うわよ」

そう言って、瞳が桃色のガウンを脱ぎ、ふんわりとソファーにのせた。

高矢がパンストを脱ぎながらドキドキして見上げると、鮮やかな朱色のパジャマのボタンを外し、胸を開いた。

もちろんブラジャーなんか着けてない。白く丸々とした、巨大な白桃のような乳房が二つ、あらわになった。

レズだからなのか、オナニストだからなのか、それとも夫とはめったにセックスしないからなのか、乳首だってきれいなピンク色をしていて、十九、二十歳のヌードモデルみたいに瑞々しく、はちきれんばかりの張りがある。

「しなびちゃってるでしょ。あたしもう、おばあちゃんだから、幻滅した？」

「まっ、まさか！　そんなことはないよ。それに、瞳さんがおばあちゃんだったりしたら、どうすんの」

「べつにどうもしないわ？　だってあたしもうすぐ、三十よ？」

「ウソッ！　また瞳さん、ウソなんか言っちゃってー」

パンストを両太腿まで上げた格好で、高矢は動きを止めた。

「何も嘘なんか言ってないわ。あたし、二十八歳と四カ月よ。七月生まれだから」

「二十八？……」

口をポカンと開け、高矢は瞳の顔をマジマジと見つめた。

そんなこと言われても、にわかには信じられない。ここに引っ越してきた瞳のことを見た時から、行っててせいぜい二十五だと思っていたのだ。

「何か、変？　あたしの顔に、何かついてる？」

瞳が脱ぎかけのパジャマを肩に引っ掛けたまま、上体をかがめ、高矢の前に顔を突き出した。豊かな乳房がぷるんぷるん揺れ、柔らかそうだが、いかにも重そうだ。

「いや……ぼく、ずっと今まで、瞳さんのこと、二十三か、四か、行ってて五かって思ってたから……」

「あら～っ、それはどうも～。でも、ほんとに二十八。だからうちの親たち、早いとこ結婚させようってあせってたわけ」

「なるほど。じゃ、ダンナさんは？」

「年？　三十二よ。だから向こうの両親も早く落ち着かせなくちゃって思ってたわけよね。でも、そんなことよりそれ、穿いちゃって」

高矢に催促し、瞳はパジャマの上を脱ぐとソファーのガウンに重ね、おっぱいをぷるぷる横揺れさせて、ズボンも脱いだ。例のローズカラーのパンティに手をかけ、高矢のことを見て、ニッコリする。

高矢はパンストのヒップを上げようと、立ち上がったところだった。ペニスはビンビンに立っている。

裸のままだとそんなに恥ずかしくなく思うが、パンストを穿いてパープルのテントを作っちゃうのかと思うと、ちょっぴり恥ずかしい。

「穿きづらい？　オチンチン、おっきくなってて？」

「え？　あ……まあ、何て言うか」

「でも、駄目よ。約束だから、ちゃんと穿くのよ。あたしも、穿くんだから」

と言って瞳はヒップを一振りして、するするとパンティを下ろした。

合わさるか合わさらないかの内腿の上、初めて見る、意外と盛り上がったデルタのスロープに、茂みが細長く生えている。

しかし、茂みの底、秘密のわれめを見ることはできない。黒々とした茂みは、日本列島を覆う大型台風を気象衛星から撮影したみたいに、地肌を見せることなくかぶさっている。

手にした黒のパンストを穿くために、瞳が前かがみになった。

へそからデルタまでの白い肌がふっくらと丸みを帯び、茂みの先端が毛足の長いモヘアのようにぽちょぽちょ毛羽立った。いつだったか、オス犬の性器の先の毛がそんなふうになってるのを見たことがある。

右を膝の上まで穿き、次に左を同じ高さまで穿き、そして瞳は上体を起こして、ヘアが隠れるところまで引っ張り上げた。

「穿かないの？　穿きましょ、一緒に。こうやって」

　瞳がそう言って、前をへそのところまで上げ、そこから両手を後ろに回して、ヒップを穿き上げ、〝穿き方〟を示した。

　二重編みになった黒のパンストに、淫毛がかすかに透けて見える瞳の陰阜《いんぷ》を見ながら、高矢は瞳にならって穿いた。

　いったんかぶせた前の部分が、両手を後ろに回した時、亀頭の裏側の部分が強く引っ張られることになって、粘液が溢れ出た。

　瞳がそこを見て、表情をゆるめた。見下ろしてみると、溢れ出した粘液が、二重編みになってるパンストから染み出て、亀頭の下側のへりに沿って黒く光っている。

「すごいのね、高矢君て。やっぱり若いから、たくさん出るのかもね、液」

「え？　あ、そうかな？」

　瞳の夫、幹夫の場合はどうなんだろうと、高矢は思った。

「ああ～ん、高矢君、色っぽいわあ。悩ましいわあ、思ったとおりぃ」

　瞳が感激した声を出し、高矢の前に、かしずくように膝立ちになった。

「パンスト穿いた人、目の前にするのって、何年ぶりかしらあ。ホントいいもんねえ。あたしパンスト姿の人って、震えるぐらい、好きなのよ?」

そして声をひそめるようにして、

「婦人ランジェリーの広告とか見てて、たまんなくなっちゃうこともあんだからあ。ねえ、これも着けて」

左手で高矢のヒップをかかえてそっと上下に撫でさすり、窮屈にそそり立ってる肉の幹に接触するかしないかの微妙な位置で、パンストのゴムのところに頬ずりしながら、瞳がブラジャーを取ってよこした。

「え?　これ?」

実は内心ウキウキワクワクして、高矢は言った。

「ネ、いいでしょ?　それ、一日してて、夕方お風呂に入る時、取ったの。もし高矢君がよければ、それもあげる。洗濯したものよか、汚れてるほうがいいんでしょ?」

「う?　ん、まあ……」

あいまいに答えて、高矢はわざと手つきをぎごちなくし、ピーチのパステルカラーのブラジャーの紐に腕を通し、カップを胸に当てた。ほわあんと仄かに、瞳の甘い体臭が漂う。

背中のフックは、いっそうぎごちなくして、なかなか掛けられないように思わせた。

「できないのお？　駄目ねえ。なら、あたしがやったげる」

瞳がカップに頬をうずめ、背中に両手を回してきて、フックを掛けようとする。

風呂に入ってシャンプーをしたのだろう、髪がいい匂いをさせてると思ったら、二つのおっぱいがパンストの圧迫をうけてる肉の幹を挟みつけてきて、その心地よさに、また高矢はぴとぴとと、先走りの粘液を漏らしてしまった。

6

「ああ、駄目え～。あーもう、我慢、できない～。高矢君のこと、抱かせて。毎日毎日、高矢君のこと、思ってたんだから」

高矢にブラジャーをさせると、瞳はそのまま顔を高矢のみぞおちのところにこすりつけ、パンストのヒップを両手で撫で回して、胸を烈しく左右に振った。

パンストをきつくかぶせられ、上を向いて立ってる肉棒の、亀頭と茎の裏側一帯が、柔らかい乳房のバイブレーションを受け、そのえも言われぬ快美感に、高矢は腰がへなへな抜けそうになった。

「ねえ、ここに……ここに寝て」

新妻が夫に甘えるような、ねっとりとした声でそう言い、瞳が高矢をソファーに押し倒した。

大きいソファーだった。高矢が仰向けになって脚をまっすぐ伸ばしても十分な長さだ。

「ああ～ん、高矢君、素敵。あたし、こういう感じに、こうやってすんの、いちばん好きなの……」

瞳が覆いかぶさってきて、むっちりした太腿で高矢の右の腿を挟み、温もりの強い下腹部を腿の付け根のところに押しつけてきた。

パンストを突っ張らせ、腹のほうにかしいで勃起してるペニスの裏側と陰嚢が、弾力に富んだ瞳の右腿の外側のこすりつけに、泡を吹いて喘ぎ、今にもマグマを噴出させそうだ。

「思い出すわあ、アカネのこと」

瞳が、着けさせたばかりのブラジャーのカップの下側をめくって、高矢の右の乳首をあばき出し、言った。

「アカネってね、あたしの恋人だった子。三つ年下で、名前、茜色のアカネって書くの。クサカンムリに、西」

瞳のその説明に、高矢は使ったこともないその字を思い浮かべるより、絵本に出てるみたいな、赤トンボが群れて飛んでる、真っ赤な夕焼けのことを想った。

「ね、高矢君のこと、茜って呼んで、いい？」

外に出した高矢の乳首を指先で円くなぞり、瞳が言う。

「ん。いいけど……。その茜っていう人は、瞳さんのこと、何て呼んでたの？」

自分が思ってたのとはまた別の官能の世界にのめり込んでいく恍惚感に陶然となりながら、高矢は訊いた。

「普通に瞳さんて言ってたわ。やあだあ、あたし、ますます昔のこと、思い出してきちゃった――」

その言葉が終わらないうちに、瞳が胸に顔を伏せてきて、舌先でチロチロと、ついばむように乳首をなぶった。

「あっ！　瞳さん……」

脳天がジジジンと痺れた。まるで自分が、瞳より三つ年下の茜というレズ女そのものになって、女同士の愛に身悶えしてるみたいな、異様なエクスタシー。

「あたしと茜ってね、こうやって愛し合ってて、互いの下着とか、しゃぶり合ったりもしてたのよ。二人ともレズで、そいでちょっと変態だったの」

高矢の乳首を舐め回しながら、瞳が言う。

「それ、して、いい？」

いいも悪いもなかったが、できることなら快感が、もっと弱くあってほしかった。

その行為のことを思い浮かべるだけで、もう辛抱、たまらない。しっとりサラサラの感触のパンストとパンストをこすり合わせて、瞳の太腿の接触を受けてるペニスの裏側が、茎をずたずたに裂いて爆発しそうだ。

瞳はカーペットから、脱ぎ落としたショーツを取り上げて高矢に手渡すと、自分は自分で、ソファーの高矢の頭のところから、夕方、ザーメンをしたたかに吐き出されてそのままの、高矢のブリーフを取った。

高矢は、待ち望んでいた行為を自分がする前に、瞳が、どんな淫らなことをするか、見た。

なんと瞳は、マンガに登場する痴漢がよくするように、精液で汚れた高矢のブリーフを、ためらいも恥じらいもなく、頭からすっぽりかぶった。顔の前面に、ブリーフの前の部分が当たるようにしてるのは、言うまでもない。

かぶったブリーフをぐいと顎のほうに引いて——つまり、ペニスがおびただしく吐き出したものが鼻と口に当たるようにして——瞳は、外側から手でしっかり押しつけた。

「うっ……うう~ん、高矢君の……あう~ん、すごいニオイ、する。精液みたいのと、オチンチンの。ああ~ん、すごいすごい」

ブリーフを舐めたり吸ったりしながら、瞳は高矢の右腿を挟みつけてる腿をきゅんきゅん収縮させ、恥骨を上下にこすりつけたり、イヤイヤするみたいに左右に動かしたりする。

「瞳さんも出した？　マン液、たくさん」

そう訊きながら、ローズカラーのショーツを裏返しにした。

うんうん、うんうんと、瞳がうなずいてる。そのうなずきの動作が恥骨に伝わり、動きがいっそう大きくなった。その恥骨の下あたりに何か、硬いものが当たってるような気がする。

（瞳さんの、クリトリス！）

見たことも、触ったこともないが、それだと、高矢は思った。

「瞳さん、瞳さんのクリトリス、立ってる?」

一分でも二分でも引き伸ばしたいが、あらがいがたく絶頂の到来が迫ってることを感じながら、高矢は訊いた。

「そー。立ってんの、あたしのクリちゃん。硬くしこって、立ってんの。ほらあ」

ブリーフをしゃぶり、くぐもった声でそう言って、瞳がやや上体を浮かし、それがそうとわかるように、押しつけてきた。

「あー、わかる。瞳さんのクリトリス、わかる。すごく硬いー」

高矢は、裏返しにしたショーツのその部分に口を当て、ショーツを使ってクンニリングスをしてるつもりで吸い立てた。

顎に当たる布地がしっとり濡れていて、そこもまとめて吸ってみると、脳天に突き刺さる甘酸っぱい性臭に、思わずのけ反ってしまった。

「硬いでしょ、硬いでしょ、あたしのクリちゃんー。あっあっ、あっあっ、高矢君……気持ち、いい~ん」

ひこひこひこひこ、リズミカルに瞳が恥骨をこすりつける。

花弁から溢れ出した淫液が、二枚のパンストを浸透して、高矢の腿を濡らした。

「いー、あっあっ……いいー、気持ち、いいーっ」

二人の腿が淫液で濡れると、快感がいちだんと増したのか、ブリーフで覆面をしてる瞳は、狂ったようになって腰を使いはじめた。

「あっあーっ、あたし、駄目になっちゃう、あ～ん、あっあっ、あたしもう……駄目になっちゃうよお。高矢君ー」

瞳がひどくよがりだしたので、高矢は瞳がソファーから落ちないように、気持ちよく腰が動かせるようにと、躍り狂うヒップをかかえてやった。

「揉んでえ、あたしのおっぱい、揉んでえ！」

瞳が、そう言うので、高矢はショーツを咥えてずり落ちないようにし、右手でヒップをかかえ、左手で豊かな右の乳房を揉みしだいた。

「あっあ！　あっあ！　気持ちいい。気持ちいい、あたし、いきそ……」

瞳がそう言ったとたん、噴き出す愛液の量がみるみる多くなり、ボディシャンプーを塗りたくった裸の股間をすり合わせてでもいるみたいに、とろけるぬめり加減になった。

高矢はヒップをかかえる手に力を込め、乳房を揉むというよりは、硬くしこった乳首をさすったりひねったりころがしたりした。

「あっ、ああ～ん、駄目駄目、あたし、いく……いっちゃう」

高矢の腿を挟んだ熱く湿った内腿を、プルプルおののかせて瞳がその時を知らせ、右手で高矢のものを握ってきた。

「ああ～、あたしぃあたしぃ」

瞳が、パンスト越しに亀頭をこねた。

異様な意識状態になり、高矢も一気に高まった。

「あっあ！　瞳さん、ぼくっ……」

今日二度目の射出は、それを瞳に伝えるよりも早かった。

肉幹の脈打ちでそれを知ったのだろうか、それともパンスト越しに体液の噴出を知り、そうしたのだろうか、高矢が堰《せき》を切ったように体内のマグマを噴き上げるやいなや、瞳は体を下にずらし、亀頭に食らいついてきた。

「あっあ～っ！　瞳さん瞳さん、あっ……あっあ……」

脳髄がけだるく痺れた。

脳天から背筋に沿って尾骶骨までけだるく痺れ、その快美感は肛門から内腿を伝って脚を走り、爪先まで痙攣させてる。

ちゅうちゅう、ちゅっちゅっ、ちゅーちゅーと、瞳が亀頭を吸いまくる。

かっぷり咥えて、んくんくくいくい、吸引し、パンストに包まれた陰嚢に妖しく指を這わせ、火を噴いてる蟻の戸渡りをすーすー、掃いたりもしてる。

甘美な痺れが炎のようにめらめらと広がったと思ったら、袋を絞って打ち出したはずが、精液が新たに陰嚢を満たす重苦しい感覚があり、ああ、また射精する、と思いながら、そのまま意識が途絶えた。

第六章　くんずほぐれつは果てしなく

1

その時もその次の時も、瞳は〝最後の行為〟をさせてくれなかった。そこを見せてはくれた。触らせてもくれた。いや、それだけじゃなく、なかに指を入れさせてもくれた。

「茜はね、指でここ、こんなふうにして、あたしのこと、狂わせてくれたの」

瞳はそう言って、高矢の中指を一本握り、そこに挿し込んだ。

「こうよ、こうやって、あっ！　ああっ、感じ……感じるう～」

腰を浮かし、デルタを突き出し、瞳は高矢の指をぴとぴと出し入れした。

しかし、そこまでやって、その指のかわりに、そこに入るのにはずっと自然な男のものを、入れさせてはくれないのだ。

といって、もともとがレズだから男のものに興味がないのかというと、そんなこともないようで、高矢の指を使ってのピストン運動をしながら、一方の手で肉幹を握って、亀の頭をこねたり茎をさすったりしごいたり、というペッティングはするのだ。

入り口はどこか肛門を思わせ、すぐなかはてろてろした感触、もっと奥になるとざらざらしたイボみたいなのが密生していて、さらに奥になるとイボが合わさって、柔らかいコブみたいになってる女の膣というのを、指でだけで味わうのにじれて、高矢のものをそこに……という素振りを高矢が見せたりすると、瞳はさりげなくいなし、そのかわりに、とでも言うふうに、口で気持ちいいことをしてくれる。

口でされるのは、それはそれで最高に気持ちがいいし、高矢が爆発しても瞳はすぐに放したりせず、んくんくくいくい、精液が出尽くしても吸いつづけるので、そのつど高矢は気が遠のいていくエクスタシーに浸れるのだが、やはりここまで経験した以上、セックスそのものをしてみたい、という欲望はつのるばかりだ。

「また来てね？　いつ電話してても、いいから」

最初の時から二日おいた夜の情事のあと、三回の射精と、セックス以外は何でもさせてくれたことに満足して、高矢が帰り支度を始めると、瞳が愛人っぽい口調で言った。

「瞳さん、今度はアレ、させてくれる？」

高矢はよっぽどそう言おうと思ったが、嫌われたりしたらと、言葉を飲み込んだ。

しかし、口では言わなくても、体で言っていたらしい。実際何度も、その体勢を試みた高矢でもあったし。

「今度、して、いいわよ」

高矢がはおったジャージのファスナーを胸のところまで上げてくれながら、瞳が妖しい目つきで見上げて言った。

「えっ、ほんとに？」

二時間に及ぶ愛撫と三回の射精でかなり疲れたはずの肉茎が、精力絶倫、もりもり元気づくように思った。

「ん。でも、今度よ、今度。この指が入ってあたしのことといたずらしたとこに、高矢君のこれ、入れていい」

愛人みたいにファスナーを上げてくれた手を下ろし、瞳が左手で高矢の右手を、ジャージの上から右手で肉茎を、やんわりと握った。

右手で握られたものが、再び勢いを取り戻した。が、だからといって、瞳は今すぐでも、と許してくれたわけではない。それをなだめすかすようにふわふわと圧迫して、瞳は言った。

「でも、一つだけ条件があるんだけど、いい？」

よく条件を出す人だな、と高矢は思ったが、どんな条件だって、のまないわけにはいかない。

瞳の言ったその条件というのが、また意表を突くものだった。

「今度来る時、お姉さんの千草ちゃんと一緒に来て！」

なんと瞳は、そう言ったのだ。まるで思いもしないことだったので、高矢はしばらく言葉がなかった。

「いい？　千草ちゃんがいやだって言っても、連れてくるのよ、絶対よ。千草ちゃんと一緒でなくちゃ、駄目だからね」

そう言って瞳はネグリジェ姿で抱きついてきて、たわわに柔肉の詰まった乳房を三度、四度、念を押すようにして、高矢の胸に押しつけた。

瞳が姉の千草のことを「千草ちゃん」と言ってるので、どの程度の知り合いかはわからなかったが、瞳としては、かなりの〝思い込み〟を持ってることは、確かだった。

「あの……お姉ちゃん、連れてきて……」

それでどうするのかと、高矢は訊いた。

三人でお茶でも飲んで仲よくおしゃべりする、とかいうのでないのは、考えるまでもない。となると……。

「実はね、千草ちゃんはもちろん、なんにも知らないことなんだけど……」

瞳が次に言った言葉に、高矢はまたまた肉茎を反応させてしまった。

姉の千草が、瞳の〝引き裂かれた恋人〟茜に似てる、と言うのだ。

瞳が茜と知り合ったのは、もう五年以上も前のことだが、その時茜はミニスカートの制服の似合う二十歳のＯＬ。その茜の、ミニスカートから伸びた脚の長さが目立つプロポーションと、ふっくらした顔立ちが、今の千草と似てるのだと。

「いい？　ほんとに千草ちゃん、連れてきてね。そして三人で、仲よくお話しましょ？」

その〝お話〟の内容というのは、いったいどんなものなのだろう……と考えると、頭がどうにかなってしまいそうだ。

瞳は今、自分の口から「アレをさせてあげる」と言ったのだ。となると、本当にどんなことになるのだろう？

来る時は、今日もまた瞳さんと……との思いでウキウキワクワクだったが、帰る時はそれとは別の思いでふんわりふわふわ、綿雲にでも乗ってるみたいな気分で、高矢は瞳のところを出た。

ハイツの横を回って家の裏の通りに入り、ふと見上げると、姉の部屋の電気が点いている。窓の明かりが視野に入って、それでついそこを見たのだろうが、濃い桃色のカーテンが引かれている姉の部屋の窓が、午前二時の星空を背景に、眩しいくらいに明るく浮かんでいる。

なんで今頃起きているのだろうと、高矢は思った。十二時頃に出てきた時は、姉はもう眠ってたはずだし、明かりは消えていた。

〈トイレに行くのに下りたのかな〉

トイレは、風呂場と並んで、ちょうど高矢の部屋の下にあるが、そのどっちにも明かりは点いていない。

どうしてだろうと思いながら、高矢は家に帰った。

手摺につかまり、抜き足差し足、階段を上がった。階段を上がってすぐが高矢の部屋、その左手が千草の部屋だ。

廊下で息を殺し、盗人みたいにして千草の部屋を窺うと、どうも明かりは点いていないようだ。つまり、今、消したわけだ。

〈やっぱり、トイレかな〉

明かりが消えていても、千草はまだ眠りに落ちていないだろう。

高矢はそれこそ盗人そのままに、首をすくめ、息を詰めて、自分の部屋に忍び込んだ。

2

高矢が姉の千草にそのことを打ち明けたのは、翌々日のことだった。

千草のことを誘うよう瞳に言われた次の日、言おうとは、したのだ。何度も顔を合わせたし、その言葉が喉まで、出かかった。

が、口に出すことはできなかった。あと一歩のところでストップがかかってしまい、そのもどかしさとじれったさといったら、なかった。

男の子なのにうじうじしてたら、瞳さんに嫌われてしまう、そしたら今度いつ、こんなチャンスが巡ってくるかわからないし、もしかしたら一生、ないかもしれない、と意を決し、その翌日の夜、姉が風呂から出てきたところをつかまえて言ったのだ。

「あのー、お姉ちゃん、ちょっと……」

ぺったんぺったんとスリッパの音がして、千草が階段を上がってきたのがわかったので、高矢はドアを開けて手招きした。

「ん？　なんか用？」

ちょうど階段を上がりきったところで、冬物の温かそうなレモン色のネグリジェを着てる千草が、濃い黄色の地に赤と青の模様が入ったタオルをターバンみたいに巻いてる首を、三十度ぐらい右にかしげて立ち止まった。

「あのー、ちょっと、話……あんだけど……いい？」

上目づかいに千草のことを見ると、ン、と、風呂上がりで温々したまるっこい顎をしゃくり上げるようにうなずいて、部屋に入ってきた。

香り豊かな熱帯の花が、部屋いっぱいに入ってきたような感じだった。

セッケンもシャンプーも同じものを使ってるのに——高矢は母が買ってくるものじゃなく、千草のものを使っていた——どうして女というのはこうもいい匂いがするのだろうかと、羨ましくなってしまう。

高矢が机の椅子に腰を下ろし、千草にベッドを目で示すと、千草は頭の黄色いターバンを解いてバサリと濡れ髪を肩に広げ、弾みをつけてベッドにネグリジェのヒップを落とした。

やはり面と向かっては、いささか言いづらくもあったが、とにかく重要な決断の時であるのは、間違いない。

胃袋のあたりに息詰まる昂ぶりを感じながら、高矢は言った。

「あの、そこの……春野さんて人……いるじゃん？」

目は動かさず、眉と瞼で、裏のハイツを示した。

「ん。春野さんね？」

黄色いタオルで髪をオールバックみたいにして、額に皺を二本作って高矢を見、千草が軽くうなずいた。

「知ってる？　春野さんとこの、奥さん」

千草がまた軽くうなずいて、言った。時々千草の売場に来て、パンストとかショーツとか、買っていくという。

言葉を交わしたことがあるのかと訊くと、三度目の時だったか、家の近くで見かけたと言って口をきき、それから売場に来るたびに、一言、二言、話しかけてくるという。

千草の説明を聞きながら、高矢は何か、変な気がしてきた。

というのは、千草の顔が、どことなく赤らんでるみたいなのだ。風呂上がりの上気とは、別みたいだ。

「あのー、それでさ、おれ、春野さんの奥さんとちょっと……その、つき合いっていうか、遊びにいったり、してるんだけど……」

高矢がそう言うと、千草の顔の赤らみはいっそう強いものになった。温かそうな淡い朱色に光ってる。

「……で？　話って？」

千草が、瞳をキラリとさせて訊いてきた。

その感じで、高矢は、千草がもうすでに知ってるのだろうと思った。だからこないだの夜、夜中の二時だというのに、千草は……。

「で、奥さんが、今度来る時、お姉ちゃんも一緒に連れてくるようにって……」

「あたしも？……なんで？」

目が、みるみる大きくなった。黒い瞳が濡れたようになって、キラキラ閃いてる。

茜が、この姉に似てると言った瞳の言葉が、妙に生々しく思い出された。

そうだ、今や、疑いようがない。春野瞳は、二十歳のデパートガールであるこの姉と、レズをしたいのかもしれない。

自分のことに興味を持ってしまったとか何とか言って、その実、本心は姉と近づくための手段として、自分のことを引っ張り込んだりしたのではないか？　しかし、もしそうだとしたら、自分との約束、今度は本物のセックスをしてもいいというあの約束は、どうなるのだろう？

心細くなりながら、高矢は言った。

「なんかよくわかんないけど、とにかく瞳さん、お姉ちゃんとも友達になりたいってことらしいんだ。それも、どうしても。今度来る時は、お姉ちゃんと一緒でなくちゃ、駄目だって言うんだから」

千草と瞳が白い裸体をからまり合わせてる淫景を想像し、高矢はパジャマのなかのものを大きくしてしまった。

「ふーん、どうしてかしらねー」

と、他人事みたいに答える千草の顔が、今までとはまた別の感じになっていて、目つきも、どこかうっとり、夢でも見てるようなのだ。

「行く？　お姉ちゃんが一緒でないと、おれ、一人じゃ行けないんだけど」

「ん～、いいけどお……いつ、行くの？」

気のせいか、そう訊く千草のレモン色のネグリジェの胸が、淫らな期待に烈しく波打ってるように思えた――。

瞳はいつ電話してもいいと言っていたので、その夜遅く、夫の幹夫がいるかなと思いながら高矢が電話してみると、待っていたように瞳が出た。

訊くと、幹夫はその夜も〝恋人〟のもとに行っていて、瞳は高矢のブリーフを使ってオナニーをしてたところだと、嘘か誠か、言う。

千草がOKしたことを伝えると、えー？　ホントにー？　ホントにー？　と、瞳は同じ言葉を何度も繰り返し、歓びの様を示した。

高矢が一人でこっそり出ていくのだったら、夜でもいいが、千草と二人ということになると、やはりまずかった。

それで昼間、ということにしたのだ。

千草が勤めているMデパートは木曜定休だ。それで木曜の午前、母がパートに出かけてから、二人して瞳のところに行くことにした。

もちろん高矢はその日、〝体の具合が悪くて〟休むことになる。学校への電話連絡は、信用のため、母にしてもらう手筈を決めた。

3

午前十時の室内に、妖しいワインレッドの官能が漂っている。

例のソファーオナニーのリビングルームだった。レースのカーテンだけでは外から見られるおそれがあると忠告して、ワインレッドのカーテンもきっちり引いてもらっていた。

もっとも高矢は瞳に、あの最初の日のことは言ってない。いつなんどき、また新たな淫景を目にするやも知れぬ。その時のために、秘密はとっておこうと思っていた。

瞳も瞳なら、夫の幹夫も幹夫、いつか将来、男と男のカラミを覗き見できる可能性だって、ないわけじゃない。

午前十時なのに、夜の十時みたいだ。カーテンを引いて、電気を点けている。

母が仕事に出かけて少しした九時頃、家を出てこようとしたのだが、三面鏡に向かっていた千草のことをせかそうとした時、瞳から電話がかかってきた。

「もしもし～？　あ、高矢君ー？　悪いけど、もうちょっとあとで来てくれない？」

送話口を手で覆っていそうなひそひそした口調で、瞳が言った。

表にハイツの人たちがいて、おしゃべりしてるから、彼女たちがいなくなってからにしてくれというわけだった。

「十分もすりゃ、みんな帰ると思うけど。人がいなくなったら、また電話するから、千草ちゃんに、あたしからゴメンねって、伝えといて？」

と、ほんのすぐあとで会うというのに、瞳は千草への愛の伝言みたいなのを高矢に言づけ、電話を切った。

人に見られちゃ、やはりまずかった。千草はかまわないとしても、高矢は、〝頭痛〟で学校を休んでる身だ。

千草の部屋からハイツを覗いて見ていると、九時五十分頃、瞳の部屋の上の上の、アイちゃんとかいう女の子のいる部屋の窓にその子の母親が現われ、それと相前後して、右側の別の家の部屋にも動きがあり、ようやく長いしゃべくりが終わったかと千草と話してると、それからややあって、瞳からＯＫの電話が来たのだった。

例のソファーに、高矢と千草は座っていた。高矢が左側に腰掛け、千草は真ん中あたりに腰掛けている。それは瞳が、おおむねそう指示したのだ。

高矢は紺のトレーナーにジーパン、ジージャンという格好で来た。

一方、初めて訪ねてきた千草は、明るいクリーム色のブラウスに、アイボリーのミニスカート、白のストッキング。

ミニスカートから露出しているむちっとした脚を、千草はぴったりと合わせている。姉ながら、その白いストッキングの合わせ目に手を差し込んでみたいという衝動を、高矢は禁じることができない。

それはこの、朝なのに夜でもある、ワインレッドの空気のせいのようだった。

「ちょっと待ってねえー？　今すぐ行くからあ」

と瞳が、キッチンから、甘い響く声をかけてきた。

〝今すぐ行く〟という言葉が、わざとアノことを連想させようとしているふうで、姉の千草はもう、これからどういうことが始まるか、わかっちゃっているんじゃないかと、高矢は胸が苦しいほどに高鳴った。

「瞳さん、何もおかまいなく」

クリーム色のブラウスの胸をもりっと突き出し、千草が玉スダレの向こうのキッチンを覗きやるようにして、言った。

ここにきて、改まって挨拶した時は、千草は瞳のことを「春野さん」と言っていたのだが、高矢が「瞳さん」「瞳さん」と親しく言うものだから、二分もすると、高矢と同じ呼び方になっていた。

「おかまいなくなんて、できないわよお。千草ちゃん、初めて来てくれたんだから」

声を弾ませ、瞳がそう応える。

瞳は最初から千草のことを「千草ちゃん」「千草ちゃん」と言っている。千草はその呼び方がよほど嬉しいらしく、来てすぐ瞳がそう言った時、もう二十歳なのに、小学生の女の子みたいに、満面輝くばかりの歓びを見せていた。

「はーい、お待たせー。紅茶、飲むでしょお?」

玉スダレを分けて、瞳がキッチンから戻ってきた。朱塗りの盆に、白いカップを三つと砂糖壺、生クリームの容器を載せている。

「入れた紅茶ね、冷やすのにちょっと、時間、かかっちゃって」

と、訳のわからないことを言って、瞳がソファーの前の黒ガラスのテーブルにカップを並べ、空いてるソファーの右側、つまり高矢と反対側、千草の右隣に腰を下ろした。

もうすぐ十二月、まさかアイスティーなんかじゃ……と思いながら、高矢は目の前のカップを見た。

グラスじゃなくてカップだ。湯気が出てはいないが、どうやらホットらしい。よい香りが、ぷ～んと漂ってくる。

「どーぞー、と言いたいとこだけど、まず……」

と言って、瞳が自分のカップを取り上げた。

「熱いとね、こういうこと、できないから」

白いカップから一すすりして、赤い唇をすぼめ、千草の顔に顔を向ける。

エエーッ？　と高矢は、心臓がドッキリした。

いいや、心臓が飛び跳ねたのは、ひとり高矢だけではなかったようだ。自分に顔を向けられた千草も、戸惑った顔をして目をパチクリしてる。

そうだ、瞳は近づきのしるしに、紅茶を口移しで千草に飲ませようとしているのだった。わざわざ指示して、自分が千草の隣に座れるようにしたのも、このためだったわけだ。

「ん～？　んん～？　んーん、ん～～？」

何と言っているのかわからないが、瞳が大きな目を情熱的な寄り目にして、千草のことを見つめている。たぶん、「ね～、千草ちゃ～ん？　いいで、しょ？」ぐらいのことを言ってるのだろう。

「え～？　え～？　うそおーっ」

戸惑い顔の千草が、高矢のことを見、それから瞳に目を戻し、また高矢のことを見、一度うつむいてから、瞳に目を向けた。

顔は真っ赤になってる。目なんか、すっかり潤んじゃって、半分泣いてるみたいだ。二十歳のOLも、今は十二、三の少女、という感じだ。

しかし、戸惑ってるとはいっても、瞳のことを拒否しようとか、女同士なのにいやらしいとか、そんな思いはないように見える。むしろ、瞳の〝愛〟を素直に受け入れたいのだが、そばに弟がいるから、それで恥ずかしい、と言ってるような気がする。

「んん～。んん～？　んー、んーんっ」

意味不明の「んー」を鼻から連発して、瞳が千草のブラウスの肩に左手をのせた。

ぴくっと、千草の体はわずかに反応したが、それはほんの一瞬、一秒の何分の一程度のことで、すぐさまクリーム色の上体はなよとばかり、ゆるんだ。

それはすなわち、千草の、瞳の〝愛〟の受け入れの表明だった。

「ん～ん～？」

瞳の右手が千草の左肩に伸び、両肩を抱かれた千草がますます体を艶めかしくしなわせたかと思うと、瞳は千草の体を引きながら自分は千草の顔の前に出て、実に、公園のベンチなんかで男が女のことを横抱きにして口づけをするみたいに、唇を合わせた。

ジ、ジ、ジ、ジーンと、高矢は全身が感電したように昂ぶった。

まだ勃起も何もしていないペニスの根元に血液が殺到し、行くべき場所がわからずに右往左往ひしめき合ってるみたいな重苦しさが、下腹部一帯に生じた。

「んっ、んっ……」

と、横抱きにされて顔を仰向け、口移しに紅茶を送り込まれている千草が、尻上がりの鼻息を漏らした。

白くふっくらしたほっぺたを見ると、かすかに動いていて、どうやら口のなかでは、舌をからませてでもいるらしい。

千草のオレンジ色の唇にかぶさってる瞳の朱色の唇が、ほわ、ほわと収縮運動を見せた時、千草の喉骨がゆっくり上下して、唾液と一緒に送り込まれた液体を、千草が飲み込んだことがわかった。

千草が飲み込んでも、瞳はすぐには口づけを解こうとしない。そのままじいーっと、唇を合わせている。ひょっとして、舌と舌とをからませているのかもしれなかったが。

瞳が唇を離したのは、ゆうに一分は経ってからだった。

唇を離した瞳は体を起こしたが、いきなり同性のキスを受けた千草は、体の力が抜けてしまったのか、瞳の両手に抱かれたまま、微動だにしない。目をきつくつぶり、ただブラウスの胸の上下動を大きくしてる。

4

「ほんとかわいい子ね、千草ちゃんて。あたし、一目見た時から、すっかりまいっちゃったのよ。んんっ」

瞳がそう言って右手を肩から離し、同性の口移しからまだ自分を取り戻せないでいる千草の栗色の髪を、やさしく撫でた。

「でも、千草ちゃんも、こういうこと、嫌いじゃないでしょ？　あたし、わかるもん。千草ちゃん、同性の手でここ、こうやってしてもらうの、嫌いじゃないわよね？」

瞳の右手が髪から滑り下りて、肩、胸と移り、そして目的の箇所、大きく盛り上がったブラウスの左の山にかぶさった。

「あっ……」

そこでようやっと、千草は我に返ったように目を開け、左手を瞳の手に重ねた。

「嫌い？　嫌いじゃないわよね？　あたし、わかるもん。だって、こっちのほうの経験者なんだから。好きでしょ？　してもらいたいでしょ？　女に、こうやって」

ふっくらした白い手が重なってる白い手が、時計回りに、弱い動きで動いた。動き方は弱くゆっくりしてるが、微妙に指も動いている。

いや、どうやら指だけじゃなく、手のひらの内側も、外からじゃわからないような動き方で愛撫してるようでもある。

「好きでしょ？　好きでしょ？　あたしみたいな女に、おっぱい、モミモミされてみたいって、思ってたでしょ？　思ってたわよね？　そうだもんね？」

千草の左耳に口をつけ、高矢に聞こえるか聞こえないかのささやき声でそう言って、徐々に瞳は千草の体をソファーに倒していく。

いったん目を開けた千草は、瞳の、耳への攻撃に、目を開けていられなくなったのか、再びうっとりと目を閉じ、されるままにソファーに横になった。

「ね、高矢君、ちょっと、いい？」

瞳が高矢に、場所を空けるように促す。まるで邪魔者扱いだが、自分も瞳を相手にいろいろイイことをしたし、今日はとにかく、千草は初めてなのだから、多少のことは我慢しなくてはならなかった。

高矢がソファーを明け渡し、カーペットに腰を下ろすと、瞳は千草の体をすっかりソファーに横たえた。

〈あっ！　お姉ちゃん……〉

高矢は思わず目をみはった。

瞳が千草の脚をすくい上げ、高矢のいたところに伸ばしたので、アイボリーホワイトのミニスカートのなかが、奥まで覗けたのだ。

いや、もしかしたらそれは、瞳がわざと、ソファーからはじき出された高矢へのサービスのために、したことかもしれなかった。

というのは瞳が、白いストッキングの脚をすくい上げたその手を上に持ってきて、膝から、むっちりした太腿へと這わせ、手首でミニスカートの裾を開きながら、指を、奥へ奥へともぐり込ませていったからだ。

ゴク、ゴクと喉が音をたて、それが二人に聞こえるんじゃないかと、すごく恥ずかしい思いもしたが、人妻のペッティングを受けている千草は言うまでもなく、瞳にしたって、もはや頭には高矢のことなんかないようだった。

ミニスカートの奥に差し込んだ指が、どうやら行き着くところに行き着いたらしいのだ。それは、千草が白い半透明のストッキングの腿を、きゅっと、何かの反射のようにすぼめたことでわかった。

「ああ～ん、千草ちゃん、もおー？　ねえー、もう？」

瞳が千草の耳にそうささやき、千草は、瞳のその言葉は聞きたくない、とでも言うかのように、イヤイヤなんかしてる。

「ほらあー、ここ。千草ちゃんの、こんとこ」

「あ、あん……瞳さん、そこ……いやです」

千草が、消え入りそうな声でそう言って、合わせた膝をちょっと浮かし、ぷるぷる、可憐な感じにおののかせる。

「いや？　いや？　千草ちゃん、ここ、こうやってされんの、いやなの？　いやだったら、どうしてここ、こんなになってんの？」

「あっあ！……瞳さん、お願い。お願いー」

「お願いって？　お願いって、こうやってほしいってことかしら？　男の指と、自分の指と、あたしの指と、どれがいちばんいいかしらね？」

「あっ、ああっ！　ああ～ん」

千草が大きな声をあげた時、ソファーから浮いてる膝が躍った。

狭い奥を覗いて見てみると、白いパンストの恥丘の中心、間違いなくクリトリスに、瞳はタッチしてる。

「ここ……ね？　ここ。ここ、いいでしょ？」

「あ……は……はあー、瞳さんー」

「ここ……ね？　あたしのしたいように、させて。させて、くれる？」

瞳の手がずっと奥のほうに入っていって、もぞっ、もぞっ、もぞっと動いている。どうやら、パンストをめくり下ろそうとしてる。

「あっ……は……」

千草が何ともやるせなさそうな声を漏らし、体をくねらせた。

見ると、瞳の体の陰になっていてわからなかったが、瞳はいつのまにか千草のブラウスの胸を開いていて、ピーチのブラジャーをずらし、あばき出した左の乳房をやわやわと揉みしだいているのだ。

もちろんその愛撫の仕方はさっきと同じく、乳房を揉みながら同時に、ツンと立ってる桃色の乳首も、さりげなくいじっているようだ。

目を手前に戻した時、瞳の手が、パンストのなかにももぐった。

「あっあっ、瞳さん、いやあ～ん」

膝の立て方を大きくした千草が、切なげに身悶えた。白いパンストの爪先は左右とも、こらえようもなくじれったそうにくねりわなないている。

「ああ～ん、千草ちゃん、あたしここ、好きなのお、好きなのよおー」

パンストの股間が、もこもこむくむく動いている。指の関節が一つ、出っ張ってパンストを伸ばしている。

たぶん中指でそこをくじってるのだろうと思い、高矢は生唾を飲み込んだ。

「ここ、あたし、ほんとに好きなのお。自分のも好きだけど、千草ちゃんみたいなかわいい子の、いちばん、好きー」

くちょくちょ、くっちょくっちょと、濡れた音がした。

「やあ～ん、瞳さん、いやっいやっ、やあ～ん」

千草が両手で、ミニスカートの上から、そこを押さえた。

「いや？　いやなの？　いやならどうして、千草ちゃんのここ、こんなに濡れてるの？」

瞳が意地悪くそう言って、淫唇に右手をつかい、左手は左手で左の乳房を揉みながら、今まで相手にされず、一人そそり立っていた右の乳首を、しっぽり、口に含んだ。

「はっ！　はああ～っ！」

千草が全身を烈しく震わせ、喜悦にむせんだ。

「ね、ね、向こうに行きましょ？　向こうでゆっくり、ね？」

乳首をしゃぶる口で、瞳がそう言った。

5

〝向こう〟というのは、玄関を入ってすぐ左の、客間らしい部屋だった。そこにはちゃんと布団を二組敷いてあり、暖房も入れてある。

並べて敷かれているほかほかの布団は、手前がブルー、窓側がピンクで、同じ花柄模様。客用の一対らしいが、瞳はシーツも、それぞれの色に合わせて掛けている。

枕元にはティッシュの箱が置かれているし、窓にはリビングルームと同じワインレッドのカーテンが引かれていて、天井の大きなサークルの螢光灯は眩しいくらい。

なんか、入ったことはないが、ラブホテルみたいな感じだ。

「ここに、寝て」

瞳は、ピンクのほうの掛け布団をまくり、リビングルームから肩を抱いて連れてきた千草を横たわらせた。

ソファーで瞳に、〝レズ快感三点責め〟をされた千草は、もうめろめろになっていて、瞳にされるまま、右を半分下にして、しどけなく横たわった。

ブラウスもパンストも、さっきのままだ。胸はぽってりした乳房を見せて乱れていて、アイボリーのミニスカートの下の白いパンストは、明るいピンクのショーツをちらりと覗かせて、股の付け根のところまで下げられている。

「千草ちゃんはこういうこと、初めてなんでしょ？　わかるわ、初々しくって」

柔らかいほっぺたとほっぺたとをくっつけ合わせ、チュッとキスをして、瞳は、だから今日は、あたしにおまかせしてね？　と、千草のパンストを脱がしにかかった。

すでにめろめろ状態の千草は、キスをされようとパンストを脱がされようと、生身のダッチワイフみたいになってる。

白いパンストのヒップが剝かれる時、アイボリーホワイトのミニスカートが臍近くまでめくれ、黒々と茂っている恥毛を見せた。

〈あっ、お姉ちゃんの！〉

その淫景に、高矢はジーパンのなかのものをきばらせ、粘液を噴き出させた。

しかし、これからのことを思うと、自分がどうなるのか、心配で心配でたまらない。どっちにも相手にされなかったら……と、不安が押し寄せてくるが、下腹部で渦巻いてるものは、一刻も早い解放を訴え、暴れまくっている。

実際、瞳は、もともとが千草のことを狙っていたようだし、今日は初めてのレズプレーだから、二人だけのことにのめり込み、こっちのことなんか考える余裕はなさそうだ。といって、千草は瞳のレズテクニックにひたすら喘ぎまくるだけだろうから、そうなったらもう完璧に、自分の出番なんてないんじゃないかと思えてくる。

千草の膝を立て、瞳が白のパンストをするすると脱がした。

パンストにつづいて、明るいピンクのショーツ。昨日、売場から買ってきたばかりみたいだ。布地の繊維が、見るからに新しい。

そのショーツを、瞳は高矢の目の前に置いた。なか、見てみて？　どんなになっているか、とでも言ってるみたいだ。

が、高矢は千草の足元でじっとしていた。いくら姉が朦朧としているからといって、姉本人を前にしてそれを拾い上げ、なかの状態を調べてみたりするのは、とても気恥ずかしい思いがしたのだ。

トレーナーともセーターとも見える、シルバーホワイトのゆったりした服を着ている瞳は、自分のことはそっちのけで、千草のクリーム色のブラウスを脱がし、それからピーチのパステルカラーのブラジャーを取り去った。

喉がゴクゴク、音をたてている。初めのうちはみっともないとも思ったが、今やそんなこと、気にしていられない。

それに自分のことなんか、二人とも眼中にないみたいだし、千草は千草で喘ぎを強くしている。瞳だって似たようなものだ。

最後に残ったアイボリーのミニスカートも、瞳は脚から抜き、千草はついに全裸で、ピンクのシーツに仰向けになった。

「あ〜ん、いいわあいいわあ、千草ちゃん、素敵よおー」

左手で二つの乳房をせわしなく揉み立て、右手で膝やら腿やらふくらはぎやらを撫で回し、瞳はもっこり膨らんでいる茂みの山にほっぺたをこすりつけて、盛んに動かした。

「あ……あ、は……はあ〜」

どこがいちばん感じているのか知らないが、千草はオレンジ色の口紅の唇を開け、上気して輝いてる顔を右に左に振り、膝頭をぶるぶるさせたり腿をきゅんきゅんひきつらせたり、爪先を交互に縮かめたりして悶えている。

その千草が、身悶えながら、遠慮がちに瞳の体に右手を伸ばした。初めての、自分からの行動だった。伸ばしたのは、シルバーホワイトの瞳の服の、胸のところだ。

「触りたい？　千草ちゃんも、あたしのここに。ね、ほら、触って」

瞳が、千草と並んで体を横たえ、千草の手を取り、服の上から胸に触らせた。

「あっ！　ああ〜ん、千草ちゃあん、もっと……もっと触ってえ。揉んでえ」

瞳が自ら千草の手を動かし、乳房を揉ませた。

が、それはいわば〝呼び水〟で、いったん揉みだすと、千草は瞳のほうに体を向け、両手で揉みしだきはじめた。

その様は、瞳がいみじくも言ったように、千草が、女同士の行為が嫌いではない種類の女だということを、見ている高矢に納得させた。

Ｍデパートの婦人ランジェリー売場で何度か会って話をしてるうちに、二人の間にはすでに、ある種のパイプができあがっていたようで、千草は、服の上からではじれったいとばかり、裾から手を入れて、なかでもこもこ妖しげに揉みながら、春野瞳の赤い唇を求めて顔を寄せていく。

瞳が千草の口づけを迎え、栗色の髪をやさしく撫でて愛情を示すと、瞳の腕が上がったのをきっかけに、千草が服を脱がした。

頭から抜く時、口づけはいっとき途絶えたが、二人の顔の間をシルバーホワイトのトレーナーだかセーターだかか通過すると、朱色とオレンジの色の唇は再び相手を求めて吸着し、ねっとりと濃密にねぶり合う。

瞳は、薄いシルバーブルーのブラジャーをしていた。

カップは千草の手でとっくに上にずらされていて、アンダーバストにブラジャーの跡を見せた乳白色の乳房が、ひしゃげた格好で剝き出されている。

乳首はというと、ブラジャーのへりの圧迫で、ひしゃげるというより外側を向いていて、それが千草に劣らないきれいなピンク色をしてるせいで、痛々しく見える。

口づけを交わしながら瞳の上半身をあばいた千草は、炎のように燃えたようだった。ぴちょぴちょ水音をたてて唇をねぶり合い、もどかしげな手つきでスカイブルーのスカートに手をかけ、脱がしはじめた。

スカートの下は、ブルーのパンスト。ショーツも似たような色だと思っていたら、目に染みるばかりのエメラルドグリーンのビキニだった。

6

仰向けになった千草に、瞳が明るいブラウンの髪をうなじで左右に分け、斜めに構えて覆いかぶさっている。

瞳の右手は左の乳房を愛撫し、口は右の乳首をしゃぶっている。そして瞳は、四十度に開かせた千草の股間に右膝から下を差し込み、ぐりぐり、デルタに刺激を与えている。

一方の千草はというと、荒い息をしながら、瞳の右腿を挟んでいる、うっすらと桜色を呈しはじめた両内腿を、ぷるぷるぶるぶる、歓びに震わせている。

左手は胸に覆いかぶさっている瞳の頭をかかえ、右手は、十手を逆さにした形の瞳の股に伸ばし、瞳の急所の突起を気持ちよくしてやってるらしい。

らしい、というのは、瞳はちょっと無理な格好でそうしていて、そのためにヒップはきつく、肛門も見せないぐらいによじ合わさっていて、後ろからだと、千草の指が触ってるところを見ることができないからだ。

乳首をしゃぶっていた瞳が、おもむろに顔を上げ、思い出したように高矢のことを見た。

「アラ、高矢君、まだ服、着てたの？　やあねえ。早く脱いで」

そう言って瞳は、右の膝をずらして千草の右脚を開かせ、左乳房をもてあそんでいた右手を、茂みに這い下ろした。

やあねえ、と言われちゃ、元も子もないと思ったが、今、そんなことを気にしている状況でないことは、確かだった。

瞳が、茂みを毛羽立たせて右手の人さし指と中指を小刻みに動かしはじめ、千草が、強まる快感に、少しでも腿をすぼめようとしながら、それが果たせないで身悶えするのを目に、高矢は手早く裸になった。

「それ、穿いて。千草ちゃんの」

顔を上げた瞳が、目で、千草のショーツを示した。

「あと、パンストもね？　それから、ブラジャーも。あたしんじゃなく、千草ちゃんのよ。好きなんでしょ？」

姉の目の前で、そんな変態的なことをしたら……と、高矢はためらったが、瞳は平気の平左で千草に耳打ちした。

「高矢君ね、女の人の下着、好きなんだって。とくに千草ちゃんのなんか、好き

なんだって思うわ。だって、お姉さんのだもん。きっと、千草ちゃんが美人で、

すごく色っぽくて、あたしなんかでも、放っておけないくらいかわいい子だから、

それで弟の高矢君、へんな趣味、持つようになったんだと思う。千草ちゃんの下

着を着て、うっとりして、オナニーするなんて……」

耳をふさぎたかった。とても全部を聞くのは耐えられないと思った。

が、瞳のその言葉に反応を示したのは、むしろ千草だった。話の途中から、千

草は髪を乱して首を振り、今まさにセックスそのものをしてるとこなんじゃない

か、と思うほどの昂ぶりを見せたのだ。

瞳の手慣れた右手のバイブレーションが、辛抱できない快感を与えてるせいか

と、初めは、高矢もそう思った。が、どうも感じが違う。はっきりした証拠を指

摘することはできないが、どうも千草は、耳から感じてるんじゃないかと思われ

るのだ。

「ね、千草ちゃんは、知ってた？　高矢君は、あたしの下着着けて、オナニーし

たりもするんだけど、千草ちゃんの下着使っても、オナニーしてたはずよ。それ、

知ってた？」

「あっ、は……あ……はあ～」

千草は、茹だったように紅潮した顔をのけ反らせ、もう完全にエクスタシーのルツボで舞い狂ってるようだ。

「千草ちゃんは、そういうこと、ない？　高矢君のパンツ穿いて、オナニーしたりとか、しない？　女とも好きだけど、そんな変態っぽいセックス、好きでしょ」

「あっあっ！　はあ～、あは～ん」

千草は、瞳のその言葉で、いっそう燃え上がったようだった。

その様に、高矢はビリビリと、落雷を受けたかのような喜悦のショックを受けた。姉の千草が、自分のブリーフとかを使って、オナニー……。自分がしてるように、姉も……。

〈お……お姉ちゃん……〉

その光景を想像した時、高矢は、あの、瞳との最初の夜、午前二時だというのに、千草が起きていたことを思い出した。

あの時千草は、自分の部屋に忍び込んで、自分のベッドで、自分のブリーフを穿いて、前から指を入れてくちゅくちゅさせ、悦楽の時間を過ごしていたのではないか？

しかし、もしそうだとしたら、自分が夜遅く、一時間も二時間も、部屋を空けるということを知っていたことになる。そうでなくちゃ、そんなこと、できないだろう……。

ということはこの二人、瞳と千草とは、今が初めてなんじゃなく、もっと前から……。じゃ、今、どうしてわざわざ自分を交えて……。

あれこれ考えてみたいことはあったが、いずれにしても終わってからのことだった。

新品らしい千草の明るいピンクのショーツを取り上げ、高矢はブルーの掛け布団に尻をついて、脚を通した。

ショーツの股の部分が濡れて、とろとろしてるのはわかったが、ゆっくり調べてる余裕はなかった。が、濡れ方はかなりで、しっかり上げることはできないながら、ピンクのテントを作って引っ張り上げてみると、縮かんだ陰嚢のほぼ全面が、分厚い蜜のぬめりを感じた。

つづいてピーチのパステルカラーのブラジャーを取り上げ、肩紐に腕を通してふと見ると、エクスタシーに悶え喘ぎながら、千草がこっちを見上げている。

「やーだあ、高矢、やめてよねー」

千草が、そうとでも言うかと思ったが、ちっともそんなことはなく、逆に千草は、目を潤ませて高矢のことを見つめている。千草のその目つきに、高矢はじわあーっと、ショーツに締め上げられるように、昂ぶった。

「お姉ちゃん、ほら、してる。お姉ちゃんの、ブラジャー。パンティも」

姉にそう伝える声が、苦しいほどに震えた。

「パンストも……穿いてみて」

そう言ったのは瞳ではなく、千草だった。

「お姉ちゃんの下着着けて……して」

何をして、と言ってるのかわからなかったが、とにかくと、高矢はブラジャーのフックを掛け、ブルーの布団の上でくねってる白いパンストをすくい上げ、左、右と、慣れたやり方で脚をくぐらせた。

7

高矢が千草の白のパンストを臍の上まで上げ、足首とふくらはぎの具合を直すと、それを待ちかねていたように、瞳が言った。

「見て、高矢君、千草ちゃんの、秘密んとこ」

そう言いざま、瞳が千草の両膝を立てさせ、右手の指を二つに分けて、濡れ乱れた桃色の淫唇を開いた。

白のパンストをテント張らせている亀頭が、ピッときばった。

「ねえ～？　ぐちょぐちょに濡れてるでしょお？　千草ちゃんの、オ××コ。ほらあー」

瞳が、花弁を開いてる中指と薬指のV字を、三度、四度、開閉した。

「あっあ、やあ～ん、瞳さあん、いやあ～ん」

千草はさも恥ずかしそうにそう言ってるが、高矢の目にさらされたわれめを隠そうとするでもなく、焦点の定まらない目で、高矢のことを見上げている。

「千草ちゃんのここはね、甘い蜜でいっぱい」

と言って、瞳がそこに顔をうずめ、ぴちゃぴちゃ、猫みたいな音をたてて舐めた。

「ひっ！　あっあっ！　あっ……」

千草がひくひく、淫阜を波打たせせた。

「んー。ほんと、甘いんだからあ。ここもお。なかだって」

瞳がクリトリスを舌で、これまた猫がミルクを飲むみたいな舌づかいではじき、中指をぬぷぬぷ、膣にインサートした。

「んーっ！　あっあっ、ん～っ、いやっいやっ」

千草が両足を踏ん張り、ヒップをピンクのシーツから浮かした。

姉の千草のそのよがり様に、もう辛抱たまらない。それでなくてもペニスは、千草のショーツとパンストにくるまれ、喜悦にむせんでいるのだ。

高矢は、これ以上は耐えられないと知り、今、からみ合ってる二人が、自分のことを〝肉体的に〟仲間に入れてくれるつもりがないのなら、このままショーツのなかで悦楽を吐き出してしまおうと思った。

「すんごく気持ちいいのよ、千草ちゃんのカラダのなかって。ほら、ほら、あたし、指でも感じるんだから」

ぴっちょんぴっちょん中指を抜き挿しし、瞳が言った。

が、感じる、ということであれば、やはりそれをされてる千草のほうが文句なしに感じてることは歴然としていて、千草はもはや何も目には入ってないような陶然とした顔つきで、シーツから浮かした恥丘を揺すっている。

「そうそう、約束、果たさなくちゃね、高矢君との」

こっちにいらっしゃいと、瞳が目で示した。

瞳の指の挿入を受けている千草は、仰向けになっている。瞳のほうは、左を下にしてウエストをくねらせ、白くて大きなヒップは、斜め上に向けている。

〝約束〟と言うからには、ついにそこに入れさせてくれるのだろうと、高矢は、とりあえず吐き出してしまおうとした体に、ストップをかけた。

瞳が千草のそこに指をつかいながら、八の字に立ててる千草の膝の間に入るよう、目で言ってるようだ。

瞳がしゃべらないものだから、高矢も、ン？　ここ？　と訊くつもりで、目を剝いて、股の中心部を見た。

ん、そうよ、と、ジェスチャーで示し、瞳が充血した膣からぬらぬらと糸を引いて、白い指を抜いた。

「あたしはね、やっぱり、このほうがどっちかって言うと、いいの」

指を引き抜いた瞳が、その手で千草の顔を自分のほうに向け、赤ん坊に授乳するように、左の乳首を含ませた。

アッ！……と、そうさせた自分自身、丸い顎を突き出して快楽の声をあげ、千草の手を自分の茂みのなかに導いて、また、アッ！……と歓喜の声を漏らし、濡れたその手で、千草の二つの肉の山を揉みはじめる。

「うっ、ん……う、ん～……ん～ん～」

アメ玉をしゃぶるように瞳の乳首を吸引してる千草が、乳房を揉み立てられ、自分は瞳の女の秘所をペッティングしながら、同時に、股を開いた局部を、待ちきれないと訴えかけるみたいな大振りな動かし方で波打たせ、回してる。

入れて。ねえ、入れて、高矢。高矢のそのおっきいの、お姉ちゃんのここに、ずぶずぶって、入れて。入れて、烈しく動いて。ケモノみたいに。ねえ、早く！

二十歳の姉が、そう言って誘ってる。

高矢は、瞳を見た。

が、千草のことを愛撫しながら自分もされてる瞳は、たった今、高矢のことをそばに呼んでおいて、もう忘れてしまったのか、乳首をしゃぶってる千草の頭に頬ずりなんかして、ハアハア喘いでいる。

今一度、高矢は千草のそこを見た。

ぐちゃぐちゃして構造のよくわからない濡れた桃色の粘膜が、ひきつるようにうごめいて待ちあぐねてる。

黒い茂みを載せた白いデルタが、これからの行為を思って上下し、高矢に、未体験のその行為の方法を教えてくれてる。

瞳とレズをしながら、姉は、誘ってる。

「高矢、いつだったかの、つづき。ね？　あの時の、つづき」

姉の千草が、体でそう言ってるように、高矢は思った。

〈ああ、あの時……〉

時間のページがパラパラと逆戻りして、あの時、あの夜。

高矢は小五だった。そうすると姉の千草は、中二。

千草のベッドで、もつれ合ったあとにこっそりした、あの痴戯。

中二の姉の乳首をしゃぶりながら、姉の指にもてあそばれ、こねられ、初めて体験した、甘美な射出。

〈おっ、お姉ちゃん！〉

高矢はパンストを下ろし、ショーツを下げ、むっちりした膝の間に入った。

高矢の体温と接触に、千草が動きを止めた。

それを知った瞳が手を伸ばしてきて、高矢のものを握った。入れさせてあげる、というのだ。

千草は、わかっていて、瞳の胸に顔をうずめ、そっちのほうに真剣になってるふうを装っている。

はたして、きっちり入るまで我慢していられるか、自信はなかった。どうせなら、やはり一回、吐き出しといたほうがよかったか、とも思う。

しかし、今は、そんなこと、どうでもいいことだった。

瞳が、導いてくれる。

姉の、そうだ、弟の自分の、じゃなく、姉の希望を、今、満たしてあげようと、手を貸してくれてるのだ。

それと引き替えに、姉は何か特別なものを提供するとでも言ってるのだろうか？　瞳はけっこう、条件を出すのが好きなのだ。

亀頭がカーッと、熱くなった。腰をせり出すと、その熱さが、幹を順次ひたして、根元のほうまで襲ってきた。

「ん～！　あうっあうっ、ん～っ！」

姉の千草が喜悦に呻いて悶え、しかし真っ赤に上気した顔を高矢に向けることはせずに、盛んに乳首を吸い立てる。

脊髄に、黄色い火が詰まった。その火が尾骶骨と後頭部に伸び、そして四方八方、全身に広がっていく。

広がったと思ったその悦楽の炎が、下腹部一点に収縮してきた。耐えよう、という気は、なかった。それよりも一刻も早く、果てたかった。あの夜、姉の手ではじけた快感を、今度は思いきり、体内に吐き出したかった。それを望んでるのは、自分よりむしろ、姉なのではないか？

絶頂の炎が、今、勢いよく走りだす。

くぐもった姉の叫びが、長く響いた——。

◎『姉　黒い生下着』（一九九二年・マドンナ社刊）を修正し、改題。

二見文庫

人妻《ひとづま》 脱《ぬ》ぎたての下着《したぎ》

著者 北山悦史《きたやまえつし》

発行所 株式会社 二見書房
東京都千代田区三崎町2-18-11
電話 03(3515)2311［営業］
03(3515)2313［編集］
振替 00170-4-2639

印刷 株式会社 堀内印刷所
製本 株式会社 村上製本所

落丁・乱丁本はお取り替えいたします。
定価は、カバーに表示してあります。

ISBN978-4-576-16011-5
http://www.futami.co.jp/

二見文庫の既刊本

美母の誘惑

KITAYAMA,Etsushi
北山悦史

16歳の息子・直矢を溺愛している母親・早智子は、父親違いの姉・香菜と直矢との関係を訝しみ、それに対抗するかのように、直矢を誘惑し、その青くみずみずしい肉体に溺れていく……。しかし、その後、予期せぬ人物が現れ、二人の関係は意外な結末を迎えることに——。禁断の関係を迫力ある筆致で描いたドラマティックな傑作官能！